目次

※この地図は1985年時点のものです。

天城峠殺人事件

内田康夫

角川文庫 14194

プロローグ

「浅見《あさみ》さーん」と呼ぶ声に振り向いた瞬間から、浅見光彦《みつひこ》はこの事件に巻き込まれる運命にあったのかもしれない。

振り向いた先はプールサイドで、小学五、六年生ぐらいの、水着姿の女の子が観覧席を見上げて手を振っている。女の子の視線の方角は、浅見のいるところから左手にずっと、十メートルばかり離れた辺りだ。

（なんだ、人ちがいか——）

浅見が拍子抜けした時、少女はもう一度、「浅見さーん」と叫んだ。どうやら同名異人が観覧席の観衆の中にいるらしい。浅見はなんとなく興味を惹《ひ》かれて、少女の視線の方角を辿《たど》った。

青く透明なプールの水を背景に、可愛い女の子が背伸びをしながら呼びかけているのだから、観覧席からはいやでも目につく。浅見ばかりでなく、周辺の人々が、微笑ましげに女の子の視線の行く先を覗《のぞ》き込んでいた。

渦中の人は、うら若い女性だった。右手を大きく振って、活発に女の子に声援を送っていたが、ふと周囲の目に気付くと、慌てて、白いつば広の帽子の下に、恥ずかしそうに顔を伏せた。

プールサイドでは、次の演技が始まる合図があって、女の子は所定の場所へ走って行った。

「薫泳会《くんえいかい》の小学生グループによる、大抜手《おおぬきて》雁行《がんこう》の演技を行います」という場内アナウンスがあって、十二人の少女が二列に並び、先頭から順にプールの中に爪先から音も立てずにすべり込む。頭から飛び込むのではなく、足からすべり込むあたりも古式泳法の特徴なのだろうか。少女たちは等間隔を保ちながら、ゆっくりした泳ぎで進んで行く。大抜手というのは、足は「伸《の》し」という泳法の動きで、それにクロールの手の動きを加えたような感じだ。サッサッと交互に抜手を切るのだが、クロールのようには水しぶきは上がらない。まさに水を切るという印象だ。日本泳法に共通していることだが、静かで、なかなか優美な泳ぎである。浅見の隣では、カメラマンがしきりにシャッターを切っていた。

浅見が日本古式泳法の取材に来たのは、例によって、母親の雪江《ゆきえ》の命令である。雪江は「薫泳会」という水府《すいふ》流太田《おおた》派の研究サークルの名誉会長を務めている。「名誉」というのはつまり現役ではないことを意味する。かつて雪江は女だてらに範士まで極めた、その道の達者だ。いまでも放っておくと、それこそ年寄の冷水をやりかねない元気さは、日本泳法で鍛練した賜物《たまもの》だと信じている。

「薫泳会の記録を作りたいので、光彦さん、あなた大会を取材しなさい」

「はあ……」

浅見は気乗り薄に答えた。「ぼくはスポーツ関係は苦手ですから」

「物知らずなことを言うものではありませんよ。日本泳法はスポーツなどではありません。れっきとした武道です。あのようなバタバタと騒がしいだけのものとゴッチャにしてもらっては困ります」

「知ってますよ、泳ぎながら刀を振り回したり、扇子に文字を書いたりする、あれなのでしょう?」

「嘆かわしいこと。ルポライターなどしているくせに、あなたの認識はせいぜいその程度なの? 日本泳法の本来の姿は武道ですからね。もっと高邁《こうまい》で精神性の高いものよ。光彦の言う公開演技は、かつて藩主の前で披露された御前泳ぎを再現したもので、もちろん高度な技術を修練した上でなければ出来ない技だけれど、まあ、あれはあなたのような愚昧《ぐまい》な人の理解を早めようとする、苦肉の策です」

「そんなに高踏的な武道なら、愚昧な者にアピールする必要はないと思いますがねえ」

「屁《へ》理屈を言うものではありません。そんなことより、取材に行くのですか行かないのですか?」

「はあ、スケジュールが合えば行きます」

「何を言っているのですか。こちらに合わせて、スケジュールを組めばよろしいの」

「しかし、そういうわけにはいきません。こちらも仕事がありますから」

「おや、わたくしの頼みは仕事にならないとおっしゃるの?」

「いえ、仕事も仕事、大仕事だとは思いますが、つまりその、ビジネスという点で……」

「要するにあなた、報酬のことを言っているのですね? まったくさもしいことを……。分かっております、ちゃんと報酬は差し上げますよ。それでよろしいのね?」

「はあ……、結構です」

報酬といってもどうせ高が知れている。なにしろ浅見の母親ときたひには、貨幣価値が昭和三十年以後、ほとんど変動していないと思っているのだから。

というわけで、せめて同行のカメラマンのギャラの分だけでも出ることを祈りながら、浅見は夏の日盛りを遠路はるばる横浜にある室内プールまで、車を走らせる羽目になった。

しかし、結果的には、浅見はこの「仕事」を受けてよかったと思った。母親が言っていたように、ごく真面目な大会で、例の見世物じみた演技もいくつかあったけれど、中心をなすものは前述の大抜手雁行のような、日頃の修練を披瀝《ひれき》する正統的な演技が多かった。派手さはなく、競泳のように声援が飛び交うといった賑《にぎ》やかさもないが、水面を切る腕の動きなどにはシンクロナイズド・スイミングを見るような美しさもあり、技術的にもかなり高度なものであることが分かる。

ひととおり取材と撮影が終わって、浅見はカメラマンと一緒に玄関ホールへ出た。

玄関ホールはすでに演技を終わって帰路につく子供たちで賑わっていた。その子供たちの群に囲まれて、最前の「浅見さん」と呼ばれた女性がいた。よほど子供に人気があるものとみえ、小学生から中学生ぐらいの女の子たちが十数人、まるで神輿《みこし》を担ぐように群れて出口の方向へ賑やかに移動して行く。若い女性はその中心で絶えず微笑を浮かべ、等分に子供たちに視線と心を配りながら、入れ替わり立ち替わり話しかける子に、その都度、大きな目をいっそう瞠《みは》って応《こた》えている。

「あの人も浅見さんでしたね」とカメラマンが言った。

「浅見さんのご親戚《しんせき》か何かですか？」

「いや、ぜんぜん知らない人ですよ」

浅見は答えながら、そのことがちょっと残念に思えた。

「幸福そうな、いい光景ですねえ」

カメラマンは彼らしい感想を言って、「ああいう女性を嫁にできたらいいなあ」と付け加えた。

浅見は自分の気持ちを見透かされたような気がして、慌てて歩きだした。

カメラマンと新宿で軽く飲んでから帰宅すると、浅見はすぐに名誉会長ドノの部屋に顔を出した。こういう報告をちゃんとやっておかないと、たちまち雷が落ちる。

「はい、ご苦労さまでした」

雪江未亡人は労《ねぎら》いの言葉を賜ったが、あまり上機嫌とはいえない顔であった。案の定、浅見が行きかけると、「光彦さん」と呼び止めた。

「今日、桜井《さくらい》とかおっしゃる女性の方から、何度も電話がありましたよ」

「ああ、それは夕紀《ゆき》ちゃんでしょう」

「なんですか、夕紀ちゃんなどと、軽薄な」

「桜井夕紀ですよ、ほら、テレビドラマにも出ている、歌手の……」

「歌手だか何だか存じませんが、あなた、どういうご関係の方？」

「どういうって、ただの知り合いです。しばらく前に雑誌の対談で会って、すっかり意気投合しましてね……」

「お黙りなさい、意気投合などとみだりに言うものではありません。あなたいったい、幾つになったの？」

「三十三ですが」

「三十三といえば、お父様はもう大蔵省の課長におなりでしたよ。陽一郎《よういちろう》さんだって、警察庁の課長クラスでした。それなのに、あんな小娘の歌手風情と意気投合だなんて……、恥ずかしいとお思いなさい」

「はあ……、しかし、歌手には珍しい、いい子でして……」

「もう結構、聞きたくもありません」

「あの、それで、彼女は何を？」

「ああ、電話の内容は、なんでも、あなたに相談ごとがあるとかいうことのようでしたよ。最後の電話にはわたくしが出ましたけれど、ずいぶん無礼じゃありませんか、話の途中でガチャリと切ってしまうのです」

「お母さんが何かおっしゃったのじゃないのですか？」

「何も言いませんよ」

（どうだか知れたものじゃない——）と浅見は思った。例の毒舌が出れば、先方が呆《あき》れて切ってしまったとしても無理はない。

それっきり、雪江はその話をしなくなったが、浅見は妙に気になって、あくる日、桜井夕紀の所属事務所に電話を入れてみた。だが、夕紀は地方へ行っているとかで、その後も連絡が取れなかった。

しばらくは気になっていたが、日が経つにしたがって、浅見の脳裏からそのことは薄れていった。それに、テレビに映る夕紀を見ているかぎり、何の懸念も必要のない、明るい顔であった。

第一章　千社札《せんじゃふだ》を見る娘

1

──天城山《あまぎさん》は始終自分だけの雨の中にいる。お蔭《かげ》で麓《ふもと》も雨の日が多い。──

川端康成《かわばたやすなり》は著書『伊豆湯ヶ島《いずゆがしま》』の中でこう書いている。また、『伊豆の踊子』の冒頭では、こうも書いている。

──道がつづら折りになって、いよいよ天城峠に近づいたと思う頃、雨脚《あまあし》が杉の密林を白く染めながら、すさまじい早さで麓から私を追って来た。──

伊豆半島は三方を海に囲まれている海洋性気候のために、年間降雨量が山間地では三三〇〇ミリに達する。その雨と温暖な気候とが、伊豆の岩山の上に豊かな緑を育《はぐく》んだ。

鬱蒼《うっそう》と繁る原生林を左右に見ながら、下田《しもだ》街道は天城峠を越えてゆく。そして、天城は今日も雨であった。

下田街道は静岡県三島《みしま》市から伊豆半島の中央をほぼ縦断して下田に達する道で、現在は国道四一四号線と、日本の国道の中でも、ごく新しいナンバーが与えられている。国道のナンバーというのは、若い番号ほどランクが上だと思っていい。たとえば「一号線」は東海道、「二号線」は山陽道といったぐあいに、「二〇号線」の甲州街道あたりまでが昔からの主街道そのものか、またはそれに沿った新道などの幹線道路だ。次いで、二ケタ台の枝線国道——たとえば、茨城県の水戸《みと》と群馬県の前橋《まえばし》を結び関東平野を東西に走る「五〇号線」などが続く。三ケタの国道は、それ以前は主要地方道（大抵は県道）であったものが昇格したもの。さらにその中でも二〇〇番台以降は、ごく最近まで林道だったものを拡幅工事して国道に昇格させたものなども含まれ、四〇〇番台などはその典型と考えていい。

しかし、下田街道は古くから知られた存在であった。「富士の白雪ノーエ」の農兵《のうへい》節《ぶし》で有名な三島宿から江川太郎左衛門《えがわたろうざえもん》の反射炉で知られた韮山《にらやま》を通り、伊豆長岡《ながおか》、修《しゅ》善寺《ぜんじ》、湯《ゆ》ケ島《しま》などの温泉場を経て、江戸末期には東日本唯一の開港地であった下田へ通じるルートとして、かなり重要な意味を持っていたものと考えられる。その割に交通量が少なく、伊豆半島南北の文化や風習にさえ違いを生じさせていたのは、ひとえにこの天城峠の難所がデンと腰を据えていたからだ。

明治三十八年に天城トンネルが完成して、新道が通るまで、人々は標高千メートル近い天城峠を越えて往来した。トンネルができてからは車も行き交うようになったとはいえ、道幅は狭く、ちょっと雨が降ればたちまち通行止という難所であることに、たいした変化はなかった。

昭和四十五年に新天城トンネルが完成、取付き道路を含め四・一キロの区間が幅員八メートルの有料道路として供与されて、さしもの難所も解消した。

そうして昭和五十七年、天城街道は国道四一四号に昇格、「踊子ライン」の愛称で親しまれる快適なドライブコースとして生まれ変わった。

新道が開通してからは、もちろん、旧天城峠を通る旅行者は激減した。大型車は通行禁止だし、季節的な臨時運行を別にすれば、定期バスも新道を通る。先を急ぐマイカーはこの道のあることすら、ほとんど知らない。

その代わり、本物の「踊子コース」をのんびり散策しようというハイカーたちにとっては、静かで、またとないハイキングコースになっている。湯ケ島から峠を越えて隣の河津町《かわづちょう》へ抜けてゆく、六キロあまりのコースも手ごろ脚ごろの距離といえた。

七月十五日、午後二時過ぎ、旧天城トンネル付近を六人の学生が歩いていた。夏休みに入って間もない、あまり混み合わないうちに下田街道を踏破しようという、大学生のグループである。一昨日、三島に着き、三嶋大社に参拝してから、一路、下田街道を南下してきた。一昨日は大仁《おおひと》付近の民宿に泊まったが、昨日は湯ケ島まで足を延ばして、今日の天城越えに備えて温泉に浸《つ》かり、英気を養った。

三島から湯ヶ島まで、背中に当座の着替えやかんたんな雨具、それにちょっとした食料の入ったリュックサックを背負っているほかは、ごく軽装で、舗装された平地を歩くのは、さほど堪《こた》えなかったのだが、修善寺あたりからの登りと、湯ヶ島の街を出はずれ砂利道の山坂にかかってからは、がぜん、消耗がきつくなった。足の裏に豆ができて、足を引きずりながら歩く者が続出した。

そこへもってきて降りだした雨である。ビニールの合羽《かっぱ》を被《かぶ》り、黙々と先を急ぐ連中の足取りは重かった。

もう少しで天城トンネルに入るというところで、一台の乗用車が一行を追い抜いて行った。水はけのいい砂利道で水溜《みずたま》りはなかったが、なんとなく、全員の目が、睨《にら》みつけるように車の背後を追った。

車はトンネルの闇の中に消えて、ヘッドライトの反射と赤いテールランプだけが見えていたが、一行がトンネルの入口に達するころにはエンジン音と震動だけを残して、車は見えなくなっていた。

旧天城トンネルの中には電灯がついていない。全長四四六メートルのトンネルの中央付近は、だから真っ暗である。かつては舗装もされていなかったのだが、あまりにも危険だという声に押されて、トンネル内部だけ舗装したという経緯がある。

一行がトンネルの中に入り、合羽のフードをはずした時、トンネルの向う側から、車の急ブレーキ音に続いて「ドーン」という低く鈍い衝突音が響いてきた。遠い音だが、トンネルを伝わってくるせいか、割とはっきり聴こえた。

「なんだ、いまのは？……」

六人全員がその音を聞きとがめて、顔を見合わせた。

「おい、事故じゃないか？」

「そうみたいだな、いま行った車かもしれない」

誰からともなく走りだした。待ち望んだ舗装道路だが、とにかく真っ暗だし、天井からポタポタ落ちる水滴で、あちこちに水溜りができている。はるかかなたにポッンと見える出口を頼りに、まるで目隠し競走のようにおぼつかない足どりで走った。

一行がようやくトンネルを出はずれた時、七、八十メートル先のカーブを車が曲って行くのが見えた。やはり先刻の乗用車だった。明らかに、一行がやってくるまでの何分かのあいだ、その付近に停まっていたことは確かだ。

「なんだ、大したことなかったみたいだな」

一人がつまらなそうに言った。どこかにぶつかった程度で、走行に支障はなかったということなのだろう。事実、近くまで行って見ると、道路にヘッドライトの残骸《ざんがい》らしいガラスの破片が散乱していた。

「何にぶつかったのかな？」

一人が首をひねった。そういえば、この道路には電柱も標識も、ぶつかりそうな物は何もない。左側は切り立った崖《がけ》。右側は逆に切れ込んだ谷である。ガードレールもなく、下手にスリップすると転落しそうな感じがする。

「落石でもはね飛ばしたのかもしれないな」

その時、別の一人がふと気がついた。

「まさか人身事故じゃないんだろうな？」

おっかなびっくり、屁《へ》っぴり腰で、崖下《がいか》を覗《のぞ》き込んだ。しかし、樹木や草が繁茂しているほかは、とくに気になるような物は何も見えなかった。

「よし、行こうか」

リーダーが声をかけて、一行は河津町へ向かって出発した。雨はトンネルの向うより、いっそうはげしく降っていた。その雨に急《せ》かされるように、足を速めた。

旧天城トンネル付近の崖下で、老人の男性の死体が発見されたのは、七月二十六日のことである。夏休みに入ったばかりの三島市の中学生、三十人あまりが天城峠越えの遠足をしていて、そのうちの一人がたまたま崖下を覗き込み、人間らしい物体が見えるのに気がついて騒ぎだした。

友達や引率の教師が集まって覗いても、はっきりしたことは分からない。「あれは間違いなく人間だ」と言うのもいれば、「そうじゃない、ただのゴミだ」と主張する者もいた。ともかく、生徒が入れ替わり立ち替わり覗くのは危険でしょうがない。教師はすぐに出発を命じたが、念のために途中の駐在所に届け出ておいた。駐在の方もこれまた念のため——という程度の関心で、ひまになってから、バイクに乗ってのんびり調べに出掛けてみて、どうやら人間——それも死体であるらしいと判断した。

河津町には警察署はなく、幹部派出所に警部補以下四人が詰めているだけである。管轄は下田警察署。駐在が連絡してから応援の本隊が来るまで、四十分ばかりかかった。事件の性質が分からないが、変死となると、それなりの対応をしなければならない。一応、刑事課から警部補以下の捜査係員と、交通課、鑑識課員が五台のパトカーに分乗したほか、現場の状況を考えて、レスキュー隊の作業車までが出動した。

樹木にロープを結んで、署員が降りてみると、斜面の灌木《かんぼく》の根元に引っ掛かるようなかたちで、死体があった。隈笹《くまざさ》になかば埋もれていたので、発見が遅れたものらしい。

死んでいたのは、推定年齢が五十歳から七十歳程度の男性。年齢の幅が大きいのは、死後かなりの時間が経過しているのと、高温多湿の状態であったせいか、腐爛《ふらん》の進行が著しかったためである。しかも、けものに食い荒らされたのか、顔面など、露出部分の損傷が酷《ひど》かった。若い巡査などはとても正視できない状態だ。

遺体は収容されると、直ちに沼津《ぬまづ》の病院に運ばれ解剖に付された。解剖の結果、死体は首の骨と脚の骨が折れていることが分かった。それ以外にも、体の各部位に打撲によるものと思われる損傷が見られた。転落によって受けた傷とも考えられるが、付近は崖とはいっても、比較的、木と草に覆われた斜面で、どういう転落の仕方であったにせよ、はたしてそれほどの傷がつくものかどうか、疑問でもあった。

いずれにしても、身元の確認と、死因——とくに他殺、自殺、事故死のいずれであるかの確定に向けて、捜査が開始された。

男の服装はごく薄手の夏用のジャンパーにカーキ色のズボン。ジャンパーの下は開襟のポロシャツ。それが雨に打たれ、汚れきっているので、一見した感じでは浮浪者風にも思えた。ただし、腕時計は国産品としてはかなり高級なもので、粗末な服装とちぐはぐな印象を与える。

死体からは身元を示すような所持品は発見されない。ポケットにはハンカチとティッシュペーパーが入っていただけだった。

警察はなおも現場付近に遺留物がないか、時間をかけて調べた。死体発見から二日後、死体のあった場所よりさらに下の、谷の斜面に、布製の肩掛けカバンが引っ掛かっているのが発見された。中学生が用いる肩掛けカバンのようでもあるが、年輩の署員が「昔の軍隊で使った行嚢《こうのう》みたいだ」と評した。そしてこのカバンの中から、着替えの下着や洗面道具一式などと一緒に、二十万円あまりの現金の入った財布が出てきた。

「こりゃあ、ただの浮浪者じゃないな」

捜索を指揮した捜査係長は言った。

さらに調べると、肩掛けカバンの一隅に、消えかけた文字があり、辛うじて「小林○夫」と読める。○の部分は判読できなかったが、下田署は静岡県警を通じて、該当する氏名の捜索願いが出されていないか、全国都道府県警察に照合した。その結果、警視庁管内調布《ちょうふ》警察署に七月二十日付で「小林章夫《あきお》」に関する捜索願いが、同人の家族から提出されていることが分かった。

調べによると、小林章夫は七月十三日の朝、旅行に出たまま、予定の五日間を過ぎても帰らなかったため、心配した家族が捜索願いを出したというものだ。

小林の旅行は例年のもので、毎年七月のお盆に独りで社寺巡りをするのが、かれこれ十年近く前からの習慣になっているということであった。

小林は六十七歳。大手の銀行に勤めていたが、十一年前に定年を迎え、その後、都内に本社のある不動産関係の会社に再就職していたが、それも七年前に退職、以後は小規模の会社の経理顧問のような仕事を非常勤で勤めていた。

まだまだ元気で、働けるうちは働くと言うのが口癖だったそうだ。銀行時代からゴルフも酒もまったくやらず、真面目人間で通してきた。銀行時代の同僚で、小林の日頃を知る者の一人は、小林のことを評して「木仏金仏石仏を地でゆくような人物だった」と言っている。その真面目さがかえってアダになって、上級への出世ができなかったのではないか、という噂もあるという。

たしかに、小林は旧帝国大学の出身なのだから、本来なら重役へのコースに乗って当然の人間だったのである。

そういったことはともかく、小林章夫が七月十三日に家を出て、どこへ行ったのかを、奇妙なことに、家人はまったく知らないのであった。

未亡人の純代《すみよ》は、「社寺巡りをするということ以外、主人は行き先については喋《しゃべ》りたがらないものですから」と言っている。

十年前に社寺巡りを始めたころは、それでもだいたいの方角ぐらいは言っていたのだそうだ。そのうちに、いつからともなく、どこへ行くとも言わなくなった。日頃、物見遊山の旅行などしない人間だけに、一年に一度、それも独り旅ということになれば、家人が心配するのは当然だ。一応、出掛ける前には訊《き》くようにしていたのだが、あまりにも煩《うるさ》そうにするので、純代も控えるようになった。かえってまわりの方が気にしてくれて、中には小林がどこかに女でも囲っているのではないか——などと邪推して、智恵を付ける者も現れた。実際、純代の姉がひそかに興信所に頼んで、小林の行き先を追跡してもらったことさえあった。ところが、小林はちゃんと信州の社寺を、千社札を貼りながら、丁寧に回っていたというのである。

「章夫さんたら、ちょうど百の社寺を回ったのだそうよ。それもね、ちゃんとしたホテルだとか旅館だとかに泊まらないで、駅のベンチやお寺の軒先なんかで、蚊に食われながら眠っているんですって」

姉は純代に呆《あき》れ顔で報告した。純代はべつに調査を頼んだわけでなく、ありがた迷惑でもあったのだけれど、しかし、心の底では、夫がそうやって真面目に社寺巡りをしていたことに、安堵《あんど》するものはあった。

「それにしても、百とはねえ……」

姉は呆れたと言わんばかりの顔を何度も見せてから、帰って行った。

呆れたのは何も姉ばかりではない。その話を聴いて、正直なところ、純代も驚いたし、三人の子供たちも呆れたものである。

「百、ですか？」

遺骨の引き取りにきた未亡人に、捜査員も多少、呆れぎみに訊いた。

「百軒もお寺や神社を回るというのは、大変でしょうねえ」

「はあ、大変だったと思います」

しかし、実際、やったことのない者には、それがはたしてどれほど大変なものなのか、その程度が分からない。存外、かんたんなものなのかもしれないのだ。

それはともかく、小林には自殺したりするような背景はまったくなさそうだということだけは、未亡人や知人の話でもはっきりしてきた。

そうすると、あとは事故か他殺か、奇禍に遭遇したということになる。ただし、かりに殺人だとしても、現金が残されていた点から見て、盗み目的ではなさそうだ。

最も可能性の強いのは、交通事故——轢《ひ》き逃げのケースだった。現場付近を調べたところ、道路の砂利の中になかば潜り込むように、ヘッドライトのものと思われるガラスの小破片が散乱していて、事故があったことを思わせる。

警察は目撃者探しに全力を挙げた。七月十三日から二十日ごろまでにかけて、現場付近で事故があったような事実や、不審車両等を目撃した人間がいないか——。

そして八月に入ってまもなく、峠を下ったところにあるドライブインの主人から、それらしい話が出た。七月半ばの雨の降った日に、東京のT大学生六人が店に立ち寄り、その際、天城トンネル付近で交通事故があったことを話していたというのである。

あいにく夏休み中で、大学を調べても収穫はなかったが、一行が三島から徒歩旅行をして峠を越えてきたと言っていたらしいので、湯ケ島の旅館と民宿を当たって、彼等の泊まった宿をつきとめることができた。

六名の学生のうち、住所・氏名の分かっている者は一名だったが、警察は各都県の警察の応援を得て、六名全員から事情を聴くことができた。

その結果、ドライブインの主人の言葉どおり、七月十五日に現場付近を通行中の大学生グループが、事故を「目撃」していた状況が判明した。

彼等を追い越して行った車が、天城トンネルを抜けた直後、急ブレーキと衝突音を聴いたこと。しかも、その車が現場付近から慌てたように立ち去ったこと。道路上に、たったいま散らばったばかりのガラスの破片があったこと。

これらがそのまま「人身事故」を証明することにはならないが、しかし、目撃の情報としては唯一のものであった。その際、学生の一人が崖《がけ》を覗《のぞ》き込んでいながら被害者に気付かなかったのは残念だが、それはやむを得ないことでもあった。

警察の捜査の対象は、当該轢き逃げ車の割り出しに向けられた。ただし、この作業は難航が予想された。なにしろ事件から二十日も経過している上に、遺留物は何もないに等しいのだ。わずかに採集できたのは、道路上に散乱していたヘッドライトのガラスの破片だけである。

頼みの綱は目撃者の証言による車の型式とボディーカラーなどの特定だが、これとても六人の記憶が曖昧《あいまい》で、各人の言うことが食い違った。それでも、ヘッドライトの特徴などとつき合わせて、トヨタマークIIの旧型車にほぼまちがいないと推定することができた。

警察はとりあえず、全国の警察本部を経由して各所轄に手配書を配り、自動車修理工場や鈑金《ばんきん》塗装工場などに、七月十五日以降、修理に持ち込まれた車の洗い出しを行うよう依頼した。

2

ふた昔前ころまで、伊豆地方に変わった手鞠《てまり》歌が唄《うた》い継がれていた。

あれ見ィやれむっこう見ィやれ
六まい屛風《びょうぶ》にすゥごろく
すゥごろォくに五ォばん負けて
二ィ度と打つまいかァまくら

唄う節まわしどおりに書くとこういう歌詞だが、読みづらいので、ふつうの文章に直してみると、次のようになる。

あれ見やれ　向う見やれ
六枚屛風に双六《すごろく》
双六に五番負けて

二度と打つまい鎌倉
鎌倉に参る道で
椿一本見つけた
その椿　伊達《だて》の椿
お寺へ持って育てた
日が照れば涼みどころ
雨が降ればやめ（雨宿り）どころ

手鞠歌はまだまだこの先、えんえんと長く続くのだが、本来の歌はおそらくここまでで、最後の「やめどころ」で終わっていたのではないかと考えられる。

これは、歌詞を見れば明らかなように、鎌倉を唄った歌である。屛風だの双六だのというのは、かつては庶民のあこがれでこそあれ、鄙《ひな》びた伊豆あたりではなかなかお目にかかることもできなかった高級な品であったに違いない。

この歌が、本家の鎌倉付近ではなく、ずっと離れた伊豆の地に遺《のこ》されたというのは、とりもなおさず、鎌倉と伊豆が切っても切れない関係にあったことを示している。

永暦《えいりやく》元年（一一六〇）、源頼朝《よりとも》は平清盛《きよもり》によって伊豆の蛭《ひる》ヶ小《こ》島《じま》に配流された。蛭ヶ小島というのは韮山町にある、かつては中州のような低い土地で、現在見ても、なんの変哲もない場所だが、ここから頼朝が動きだし、栄華を誇った平家を滅亡させ、歴史を一変させたことを思うと、感慨深いものがある。

頼朝は北条時政《ほうじょうときまさ》に担がれて天下をひっくり返し、鎌倉に幕府を開いた。だが、それは源氏の再興というより、北条氏による傀儡《かいらい》政権の始まりであったわけだ。以来、頼朝の妻政子《まさこ》を中心に、血で血を洗うようなすさまじい勢力争いが続き、結局、源氏の正統は滅亡することになる。その間も、伊豆は鎌倉と絶えず密接な関連を保って、血みどろのドラマの舞台となってきた。その象徴的な事件は、源頼家《よりいえ》の暗殺である。

頼家は頼朝の子――つまり、政子の実子である。その頼家を謀殺した張本人が政子だったのだから、なんともすさまじい。

政子はまず、頼家を伊豆の修禅寺に幽閉する。その頃の頼家の生活を題材にしたのが、有名な「修禅寺物語」（岡本綺堂《きどう》著）である。修禅寺物語の中に、名人といわれる能面師が頼家の顔をモデルに能面を打つが、いくら打ち直しても能面に死相が現れる――という部分がある。やがてそれは事実となって、頼家は謀殺される。

北条時政と政子の父娘《おやこ》が行った暗殺と殺戮《さつりく》は、この頼家をはじめ、公暁《くぎょう》、実朝《さねとも》などの源氏の正統のほか、梶原景時《かじわらかげとき》、畠山重忠《はたけやましげただ》といった、平氏討伐や義経《よしつね》討伐などに功のあった子飼いの武将にまで及び、とどまるところを知らなかった。

そういう暴虐への反省か、地獄の責め苦への恐れからか、後に北条氏も政子も死んだ者たちの霊を慰めるべく、多くの社寺を建立したものと考えられる。そのいくつかが、伊豆の地に作られた。

修善寺町にある修禅寺は、それよりはるか昔——大同二年（八〇七）、弘法大師《こうぼうだいし》の創建とされている。弘法大師伝説なるものは日本中いたるところにあるから、あまりあてにはならないけれど、少なくとも、頼朝以前からあったことはまちがいない。頼朝の異母兄弟で義経の兄である範頼《のりより》が、頼家にさきがけて暗殺されたのもこの地であった。

八月二十日、日盛りの修禅寺は訪れる参拝者も少なく、境内は閑散としていた。

浅見光彦は境内の一隅にある鐘楼の庇《ひさし》の陰に入り、汗を拭《ふ》いていた。夏の修善寺は想像していたより暑い。まだ午前十時だというのに、街からここまで上がってくるだけで、すっかり汗をかいた。参道を行き交う人々も、手をかざして陽射しを遮り、吹き出る汗を拭《ぬぐ》いながら歩く。その中の女性の顔に、浅見はふと目を止めた。

いつかプールサイドの観覧席で見た若い女性であった。あの時と同じ白いつば広の帽子を被《かぶ》り、いくぶん急ぎぎみに歩いてゆく。服装はともかく、首から下げた双眼鏡を握った格好が、ちょっと変わっていた。バードウォッチングの趣味でもあるのかもしれない。

そう思いながら見ていると、女性は本堂の前まで行き、建物の軒や柱のあたりを子細に眺めている。

（ツバメの巣でもあるのだろうか？）

浅見はやはりバードウォッチングにこだわった。

女性は本堂を一巡りするつもりなのか、右手の方へ回ったが、本堂の裏には入れないことを悟って、引き返して左手へ回った。相変わらず軒や柱を丹念に眺めている。

それから諦《あきら》めたように首を振って、こっちへ向かって歩きだした。

浅見は慌てて視線を逸《そ》らした。彼女を眺めていたい気はするけれど、そろそろ仕事の方のことが気になる時間でもあった。仕事は例の日本泳法の取材の続きである。修善寺のスポーツセンターで、日本泳法各派が一堂に会して行う合同試技会が、昨日と今日の二日にわたって開催されている。その模様を取材して、母親が名誉会長を務める「薫泳会」機関誌の巻頭を飾ろうということになった。もっとも、浅見には手鞠歌に関して鎌倉と伊豆との関係を調べる目的もあるにはあった。

（もしかすると、彼女もその関連で修善寺に来ているのだろうか？――）

横浜の大会で出場の少女に手を振っていたことを思い出して、浅見はそんな想像もしたが、昨日の会場では、あの女性は見掛けなかった。あの時、彼女に呼びかけていた少女たち低年齢のグループは、この会には参加していないはずだから、やはり、偶然、ここを訪れていたにすぎないのかもしれない。

浅見が視線を戻した時、浅見がいる鐘楼の横に、あの女性が立ち止まった。相変わらず双眼鏡をかまえて、上の方を見上げている。双眼鏡を目に当て、軒下の辺りを子細に眺め、また歩きだす。上の方に夢中で、浅見のいることなどに、関心を払う余裕はなさそうだった。

（千社札か――）

浅見はようやく気がついた。彼女が異常ともいえるような興味を持って眺めていたのは、鐘楼の軒端にたった一枚だけ、忘れられたように貼られた千社札なのであった。

女性は上を向いたまま、横向きに移動しようとして、浅見とあやうくぶつかりそうになった。浅見が慌てて避《よ》けたから、衝突まではいたらなかったが、気配に気付いて、彼女も飛び退《の》いた。

「あ、失礼、ごめんなさい」

女性は恐縮したように苦笑して、頭を下げた。

「いや、構いません。むしろぶつかってもらいたかったくらいです」

浅見は笑って、「浅見さんでしたね？」と言った。

「え？　あら……」

女性は驚いて、浅見を見直した。誰か顔見知りかと記憶を探る目をして、思い当たらなかったのだろう、今度はいくぶん警戒しながら、言った。

「あの……、どちらさまでしたかしら？」

「いや、ご存じないはずですよ」

「まあ……、でも……」

「ああ、お名前のことですか？　だったら、先月、横浜の日本泳法の大会の時、たまたま近くにいたもので、耳に入りました。それに、ぼくも浅見ですから」

「え？　うそ……」

「いや、ほんとですよ。申し遅れましたが、ぼくは浅見光彦という者です」

「あら……」

女性は笑った。

「でしたらアサミ違いです」

「ああ、そうでしたか。そうすると、朝昼晩の朝、ですか？　ぼくは浅い深いの浅なのですが」

「いいえ、そうではなくて、名前なんです、アサミというのは」

「名前？……」

「ええ、苗字《みょうじ》じゃなくて、つまり、ファーストネームが朝美《あさみ》っていうんです。朝昼の朝に美しいって書く。苗字は小林です」

「あ、なんだ、そうでしたか、あははは、これはおかしい」

浅見は大いに照れた。照れながら、だとすると、彼女が嫁にくると、アサミアサミという名前になるな——と、ばかなことを考えていた。

「こちらには、やはり日本泳法の大会にいらっしゃったのですか？」

浅見は訊いた。

「いいえ、そうではありませんけれど、たまたまぶつかりました。修善寺に来たら、大会のポスターが貼ってあるので、びっくりしました。あの時は子供たちがぜひ見に来て欲しいっていうものですから」

「え？　じゃあ、お子さんがいらっしゃるのですか？　あんな大きなお嬢さんが」

「まさかァ……」

小林朝美は呆《あき》れて、絶句した。

「あんな大きな子供が私にいるはずがないでしょう。第一、私は独身です」

怒った目で浅見を睨《にら》んで、それからおかしくなって、吹き出した。

浅見も「あは、あは……」と、少しだらしなく笑った。

「あの子たちは私が入っている水泳会の子です。中には私の学校の生徒も何人かいましたけれど」

「そうでしたか、先生だったのですか。そうでしょうねえ、ぼくもおかしいと思いましたよ。考えてみると、朝美さんと名前を呼んでいた子もいましたね」

「ええ、小林姓の会員が四人もいて、下の名前で呼ばないと紛らわしいんです。でもひどいですわ、いくらなんでも、あんな大きな子がいるなんて……」

朝美はまだ怒りながら、笑っている。

「申し訳ない、どうも非常識なもので」

笑いを納めて、浅見は照れ隠しの意味もあって、質問を発した。

「ところで、千社札に興味をお持ちのようですね？　ずいぶん熱心にご覧になっていたみたいだ。そういうご趣味ですか？」

「いえ、趣味っていうわけではないのですけれど……」

朝美は急に顔を曇らせ、白い帽子の下に顔を隠すように、俯《うつむ》いた。

（なんだろう？――）

浅見は朝美がまだその先に何か言うのかと待ったが、それっきりで、言葉は途絶えた。

「何か、わけがおありのようですね」

浅見が水を向けても、しばらく返事がなかった。さりとて、浅見の干渉を拒否するという姿勢ではないらしい。何か屈託があって、それを赤の他人に打ち明けていいものかどうか、迷っている様子だ。

「ぼくの母親は、あの会の名誉会長なんかをやっているのですよ」

浅見は朝美の決断を促すように、自分の身分をはっきりさせた。それはてきめんに効果があった。

「あら、それじゃ、浅見さんは薫泳会の浅見会長さんの？……。でも、浅見会長の息子さんは、たしか警察庁の刑事局長をなさっていると聞いてますけど？」

「ああ、それはぼくの兄です。おふくろは出来のいい息子の方ばかり世間に吹聴して、ぼくの方はできることなら、座敷牢《ろう》にでも入れておきたいと思っているのですよ」

「まあ……」

朝美は吹き出して、苦しそうに笑った。

「じつは、私の父が先月、亡くなりました」

真顔に戻ると、朝美は視線を遠くに向けて、ぽつりと言った。

「えっ、そうだったのですか……、それはどうも……」

浅見は不意打ちをくらったように、言葉を失った。こういう内容の挨拶《あいさつ》は、ひどく苦手な男だ。

「それも、不慮の死、だったのです」

「不慮の死？……」

またまた驚かされた。「そうすると、あの大会の後、ということですね？」

まさか不幸があった後で、あんなに幸福そうな表情が浮かぶはずはあるまい。

「いえ、亡くなったのは、ちょうどあの日だったらしいのです。でも、父の死が正式に確認されたのは、七月末近くでした」

「え？　というと、それまでは……」

「行方不明の状態だったのです」

「行方不明……」

浅見は急いで辺りを見回した。カンカン照りの戸外で話すような内容ではない。

「小林さん、もし差し支えなかったら、ぼくにお父さんのことを詳しく話してみてくれませんか」

「はあ……、でも……」

「いや、警戒なさることはありませんよ。ぼくはともかく、おふくろや兄は十分、信用に価する人間ですから」

「あら、そんなことは……」

朝美は掌《てのひら》を浅見の方に見せて、左右に振ってから、その手が膝《ひざ》につくほど頭を下げた。

「では、ご迷惑かもしれませんけれどお願いします、ぜひ聞いてください」

二人は石段を下って、「満月堂」という喫茶店に入った。若者たちでずいぶんの賑《にぎ》わいだが、いちばん奥の暗いところは、誰もが敬遠するのか、ポッンとテーブルが空いていた。少し急いで来たので、汗をかいたし、とにかく冷たいものが欲しかった。浅見が「ぼくは氷メロンにしますが」と言うと、朝美も「私もそう思ったんです」と笑った。なんだか、これから深刻な話をするようなムードには思えない。父親の不慮の死という悲劇がなければ、この女性は根っから陽気な性格なのだろう——と、浅見は横浜で会った時の、朝美の幸福そうな笑顔を思い浮かべていた。

昔風のガラスの器に入った氷に、シャクシャクとスプーンを刺して、浅見は意識的に、ちょっと下品な食べ方をした。

「お父さんが亡くなられたのは、この付近だったのですか？」

朝美が食べ終わるのを待って、浅見はゆったりした口調で訊《き》いた。

「ええ、この先の天城峠です」

「天城峠？……」

「旧道の方の古いトンネルを出て少し行ったところで、崖《がけ》から転落して死んでいたのだそうです。警察の調べでは、たぶん車にはねられて落ちたか、もしかすると、はねた後で、崖に突き落とされたかのどちらかではないかということです」

「ひどい……、それじゃまるで殺人じゃないですか」

「ええ、もしそうだとしたら、ひどい話だと思います」

「驚いたなあ……」

浅見の驚きは二重の意味があった。事件そのものに対する驚きと、事件をたんたんと話す朝美に対する驚きだ。こうなるまで、彼女がどれほどの涙を流したかを思うと、浅見はたまらない気がした。

「さっき、実際に亡くなられた日と、確認された日との間にズレがあるとかおっしゃいましたね？」

「ええ、遺体が発見されたのは七月二十六日なのですが、亡くなったのは七月十五日ではないかと、警察では言っているのです。その日、天城峠を歩いていた大学生のグループが、現場で事故を起こしたらしい車を見ているのだそうです」

朝美は警察から聞いた事故の状況を、詳しく話した。

3

「なるほど」と浅見は頷《うなず》いた。

「だいたいのことは分かりました。ところで、さっきの千社札のことですが、あれにはどういう意味があるのか、聞かせてくれませんか？」

「父は毎年七月のお盆になると、五日から一週間程度かけて社寺巡りをするのが、唯一の楽しみでした。私たち家族の者にはあまり喋《しゃべ》りたがらなかったのですけれど、あらかじめ百枚の千社札を持って出て、その札がなくなるまでお参りを続ける――というのを、まるで義務のように、毎年、履行していたみたいです。それで、今度の旅ではどことどこをお参りしたのか、その道筋を辿《たど》ってみようと思い立ったのです」

「そうですか」

浅見はちょっと思案した。

「百枚の千社札を貼り終えるまで帰らないというと、つまり、百軒の社寺を回るということですね？」

「ええ、そうです」

「それで、お父さんの遺品のカバンには、あと何枚の千社札が残されていたのですか？」

「まあ……」

朝美は目を瞠《みは》って、不思議そうに言った。

「浅見さんは、どうしてそんなことを思いつくのですか？」

「どうしてって、当然だと思いますが？」

「でも、警察では一人の刑事さんもそんなことに気付いてくれませんでしたし、私がそのことを言っても、あまり関心がないみたいでした」

「そうですか、それはおかしいな……」

浅見は首を傾げて見せたが、警察のそういう体質は、それほど意外なことでもない。

「まあそれはともかくとして、いまの件ですが、何枚残っていたのですか？」

「それが、一枚もなかったのです」

「なかった？　ですか……。変ですねえ、お父さんが家を出発されたのが十三日で、それから二日間で百個所を回ったとは、まず考えられないのではありませんか？」

「そうなんです、私もそう思ったのです」

朝美は意気込んで、言った。「父がいままでにいちばん早く帰宅した時でも、五日目だったのです。だから、いくらなんでもそんなに早くは無理だと思うんです。ただ、もしかして、京都や奈良のように、お寺が密集しているところならば、あるいは可能なのかしらとも思って、それで、伊豆もそんな風に密集しているかどうか、それも確かめたかったのです」

「なるほど、たしかに伊豆はお寺や神社の多い土地でしょう、それには歴史的な理由がありますからね。それで、どうでした、お父さんが回られた形跡はあったのですか？」

「ええ、ありました」

「ほう、ありましたか……」

浅見はむしろ意外そうに言った。

「三島で新幹線を降りて、この地図で調べたところには、一応、行ってみたのですが」

朝美はバッグの中から二万五千分の一の地図を出して、テーブルの上に広げた。地図は全部で四枚ある。「三島」から始まって、「韮山」「修善寺」「湯ヶ島」と続く。その地図のいたるところに、赤いボールペンで○印がマーキングされていた。

「ほう、こうしてみると、ずいぶんあるものですねえ」

浅見は感嘆の声を発した。「三島」の地図では、三島駅は地図の中央よりやや下に位置する。そこから南へ、いわゆる下田街道沿いに近い場所を拾っただけでも、かなりの数に上りそうだ。三島市ではもちろん、なんといっても三嶋大社が有名で、そこにはちゃんと「三島神社」と活字が打ってある。しかし、それ以外のところは、ただ「⛩」と「卍」が書いてあるだけで、社寺の名前はない。

「ええ、私も驚きました。三島だけで百個所ぐらいあるのです。これならひょっとすると、父は二日間で百個所を回ってしまったのかもしれないと思ったのです」

「それで、あなたはここを一つ一つ拾い歩いたのですか?」

浅見は驚きと尊敬の念を籠《こ》めて、朝美の顔を見つめた。

「仕方がありませんもの」

朝美は寂しそうに微笑んだ。「全部回るのに、延べ五日、かかりました」

「そして、あったのですね？　千社札は」

「ええ、ありました、これが父の千社札なんですけど」

朝美はバッグから一枚の小さな千社札を取り出した。「ほう……」と、浅見は思わず眉《まゆ》をひそめた。なんと、千社札には粋《いき》な子持ち罫《けい》に囲まれて、「下司《げす》」と印刷されていたのだ。

「変わった札ですねえ」

なんとも言いようがなくて、浅見は間の抜けたことを言った。「これはお父さんの俳号か何かですか？」

「さあ？……」

朝美は当惑げだ。「父が俳句を嗜《たしな》んでいたかどうかは知りませんでしたけれど、それにしても、まさかこんな変な俳号をつけるとは考えられません」

「そうでしょうねえ。だとすると、何でしょうか？」

浅見は首をひねった。冗談にしても、あまり趣味がいいとは思えない。しかも、父親は真面目一方の人だったと朝美は言っているのだ。

「三島からここまでの間で、父の千社札を十四枚、見つけました」

朝美は言った。

「十四枚、ですか……」

それが多いのか少ないのか、浅見には判断しようがない。

「二重丸で囲んだのが、千社札のあったところです」

朝美が示したマークは、下田街道（国道四一四号）にほど近いところを、点々と南へ続く。地図の上でいうと、「三島」では五個所、「韮山」では四個所、「修善寺」では五個所となっている。韮山には著名な社寺が多いらしく、ざっと見ただけでも、荒《あら》木《き》神社、皇大《こうだい》神社、本立寺《ほんりゅう》、国清寺《こくせい》、広瀬《ひろせ》神社（大仁町）といくつもの名入りの社寺が目につく。それ以外にも、「北条時政の墓」など、史蹟《しせき》をもつ寺もある。だが、赤の二重丸はそういう有名社寺を避けるように、名の知れぬ社寺のマークについていた。

「たぶん、人で賑《にぎ》わうところや、千社札を禁止しているところを避けたのだと思うのですけれど」

朝美は言った。

千社札というのは江戸時代中期ごろから、江戸を中心に流行した風習で、麹五吉《こうじごきち》、鳩谷《はとや》天愚《てんぐ》孔平《こうへい》などがその嚆矢《こうし》だとされている。有名な神社仏閣を巡拝して、その数が千に達することを目的とする「千社詣《もう》で」という風習があり、参拝の証《あかし》として住所、職業、氏名などを書いた紙札を社殿や仏堂に貼りつけるものをいう。純粋に信仰のために所々の霊所を巡拝する習俗は、遠く平安期から、主として貴族社会にはあった。それが室町期ごろから一般庶民の間にも広がり、江戸末期にピークに達した。

初期のころは信仰が目的であったのだけれど、千社札を用いるようになってから、しだいに趣味的流行に堕した。千社札の貼りつけは、建物をたいへん汚損するので、幕府は一時期、これを禁止したほどである。現在でも、本来の信者からは顰蹙《ひんしゅく》をかっているケースも多く、実際、千社札の貼付《てんぷ》を断わる社寺も少なくない。もっとも、その一方では、一種のファッションとして認めているケースもあり、また黙認しているところもないわけではない。

「父の千社札が見つかったのは、どれも小さなところばかりで、無人のお社《やしろ》やお堂が多かったのです。そういうところを選んで、ひそやかに旅をしていたのだと思います」

朝美はしんみり言った。

「では、この修禅寺にもなかったのですね」

「ええ、ありませんでした。まだこの先、天城峠まで辿ってみないと分かりませんけれど、いまのペースでいくと、とても百枚にはなりそうにないような気がします」

「そうですか……。そうすると、お父さんは三島へ来る前に、どこかで社寺巡りをしておられたのかな……」

「でも、それは日程的に言って、無理じゃないでしょうか。車で走ってならなんでもないかもしれませんけど、父はずっと徒歩だったはずですから」

朝美は首を振って否定した。

「父の事故を目撃した大学生のグループも、三島から途中二泊で天城峠へ来たのだそうです。しかも、父の場合はそれに千社札を貼りながらの旅ですもの」

「妙ですねえ……」

浅見は朝美の不安そうな目を、まともに見て言った。「かりに、あなたに途中で見落としがあったとしても、百個所どころか五十個所も回れたとは考えられませんよね」

「ええ、いくら見落としがあったことを見込んでも、せいぜい三十個所回っていればいいところだと思います。それなら、五日から一週間の日程というのも納得できます」

「そうですね。だとすると、千社札の残りはまだ七十枚ぐらいはあってもいいことになります」

その千社札が、小林章夫のカバンには一枚も残っていなかったのだ。これはどう解釈すればいいのだろう?

浅見は急に、この事件に興味をそそられた。

「現金に手をつけた様子はないのでしたね。まさか、轢《ひ》き逃げの犯人が、千社札だけを奪ったとも考えられませんしねえ……」

二人は押し黙って考え込んだ。

「あの、浅見さんは大会の方へいらっしゃらなくてもいいのですか？」

朝美がふと気付いて、言った。

「あっ、いけね……」

浅見は思わず下品な口をきいて、時計を見た。「あははは、完全に忘れてました。しかし、カメラマンが勝手に撮影してくれているでしょう。ぼくはあとで適当にまとめておけばいいのです」

「でも、それはいけませんわ」

朝美は教師らしい口調で言った。「お仕事は大事になさいませんと」

「いや、お仕事といえるような代物じゃないのですよ。おふくろに強引に命令されただけのことですから。もっとも、そんな半端な仕事だけで来るわけにはいかないので、ぼく自身の仕事も兼ねてやって来たのですがね」

「あの、浅見さんのお仕事というのは、何ですの？」

「そうですねえ、何て言ったらいいのかな。ルポを書いたり、エッセイを書いたり、それから……」

「私立探偵」と言いかけて、止めた。「まあ、何でも屋みたいなものですね。今回は鎌倉と伊豆の歴史的な繋《つな》がりについて、ちょっと興味を持ったものですから。じつは面白い手鞠《てまり》歌があるのですよ。『あれ見ィやれ　むっこう見ィやれ』……」

節をつけて唄《うた》いかけて、「こんなことをお話ししている場合じゃないですね」と頭を掻《か》いた。

「あら、いいじゃないですか、聞かせてください。面白そうな歌です」

「そう、それはね、たしかに面白いです。じゃあ続きを唄いますが、節まわしはいいかげんですから、歌の内容だけ聞いてください。

あれ見やれ向う見やれ
六枚屛風《びょうぶ》に双六《すごろく》
双六に五番負けて
二度と打つまい鎌倉
鎌倉に参る道で
椿一本見つけた
その椿　伊達《だて》の椿
お寺へ持ってて育てた
日が照れば涼みどころ
雨が降ればやめどころ

こういう歌なんですがね、手鞠歌としてはずいぶん上品な部類に属すんじゃないかと思うんです。たとえば『あんたがたどこさ肥後《ひご》さ……』なんていうのよりは、ずっと高級で、明らかに京風文化の匂いが感じられますよね。しかも歌詞の内容がトリッキーに工夫されているんです。柳田国男はこの歌について、興味深い考察をしているのですよ。つまり、『あれ見やれ　向う見やれ』と、手鞠で遊ぶ子の注意をよそに逸《そ》らそうとしているというのですね。『屏風』だとか『双六』だとかいうのは、当時の庶民生活では、ごく珍しい物であったわけでしょう？　そういう物を唄うことによって、よそ見をさせ、失敗させようというのです。なんともうがった、ゆかいな見方だとは思いませんか」

朝美は熱心に喋《しゃべ》る浅見の顔を、それこそ手鞠歌以上に興味深そうに眺めていた。その視線に出くわして、浅見は思わずドギマギして、顔が赤くなった。

「どうもいけない。やっぱりつまらない話をしてしまったようですね」

「いいえ、とても面白いお話でしたわ」

「はははは、どうもありがとう、あなたは心優しいひとですね。それより、小林さんはまだ社寺巡りを続けるおつもりですか？」

「ええ、一応、事故の現場までは行ってみようと思います」

「そうですか、ぼくもお供したいが、そうもいきません……」

残念そうに言った。浅見の脳裏には、母親の不興げな顔と、カメラマンの弱りきった顔が浮かんでいる。

朝美とはその喫茶店を出たところで、いずれ東京でお会いしましょうと言って、右と左に別れた。朝美が去って行く後ろ姿を見ながら、浅見はすでに、この事件にトコトン取り組むつもりになっていた。

4

下田街道は天城湯ヶ島町までが田方《たがた》郡、天城峠を越えると加茂《かも》郡河津町に入る。河津町は町域のほとんどが峻険《しゅんけん》な山岳地帯によって占められ、相模《さがみ》湾沿いのわずかな平野部や谷間の斜面に集落が営まれている。河津川に沿って、七滝《ななだる》、小《こ》鍋《なべ》、湯ヶ野、峰《みね》、谷津《やつ》と鄙《ひな》びた温泉場が連なり、また、大島を望む海岸には今井《いまい》浜《はま》温泉がある景勝の地だ。

河津は曾我《そが》兄弟の父・河津《かわづ》三郎祐泰《さぶろうすけやす》の館があったところとしても知られている。

天城トンネルから下ってゆくと、日本唯一という二重構造のループ橋がある。谷の上でグルグルと二度、都合、七二〇度のカーブを描いて、一気に高度を下げる仕組み化は、一挙に近づくことになった。新天城トンネルとこのループ橋が完成して、南北に分かれていた伊豆の経済と文化は、一挙に近づくことになった。

修善寺の日本泳法大会の終了後、浅見は予定を変更して修善寺にもう一泊して、天城峠を越えて行った。もちろん旧道を利用している。天城トンネルまでは、砂利道だが、それなりにガードレールもあり、川端康成の文学碑があったり、公衆トイレがあったりして、観光施設が整っている。ところが、トンネルを越えると何もない、文字どおりの殺風景だ。湯ケ島町と河津町の町財政の格差とは思えないが、ちょっと奇異な感じがしないでもなかった。

小林章夫が死んでいたという現場には、まだ新しい花束が供えられてあった。たぶん、昨日のうちにここを通って行った朝美が置いたものだろう。浅見も花に向かって祈りを捧《ささ》げてから、ガードレールもない崖《がけ》の縁に立って、おっかなびっくり谷を覗《のぞ》き込んだ。

思ったほど切り立った崖ではなく、急峻な斜面といったところだ。しかし高度は三十メートルばかりはあろうか、斜面には灌木《かんぼく》とブッシュや丈の高い隈笹《くまざさ》が生い茂り、見通しを妨げている。それが朝美の父親の発見を遅らせたのだろうと浅見は思った。

路面の状態はたしかによくないが、現場付近はそれほど見通しが悪くはない。いくら雨だったにしても、どういう運転をすれば、歩行者をはね飛ばすような結果になるのだろう——。

浅見は自分の車を実際に走らせて、その状況を推定してみたが、対向車もないのに、そんなミスをするようには思えなかった。また、脇見運転というのも、こんなカーブの連続のような山道で脇見をするということは考えにくい。

小林章夫がいきなり道路の中央に飛び出してきたのだろうか？　そして、車は避《よ》けきれずに小林をはね飛ばした——。そんな風にでも考えなければ、事故が起きる状況を想定できそうにない。

しかし——と、浅見は首をひねった。もしそうだとすると、小林は道路の真中辺りに倒れていたのではないか？　運転手は急いで車を降り、小林を抱きかかえて谷に突き落とさなければならない。なるほど、これはもはや、明らかに殺人だ。

浅見は道路の中央に死体があるものと想像して、自分の車を降り、駆け寄り、「死体」の状況を確かめてから、抱きかかえて谷へ投げるところまでの時間を計った。

それから、今度はトンネルの中へ向かって走り、トンネルの反対側に近い辺りまでの所要時間を確かめた。トンネルの中央付近は暗黒で、靴音が幾重にも谺《こだま》して不気味そのものだ。

その作業をやっているところを通過したのは三台の車と、ハイカーはたったひと組、五人連れが通っただけであった。夏休み中でさえこれなのだから、ふだんはいかにもの寂しいか、想像できる。

ふたたび車に乗って、河津町の方向へ坂道を下る。

最初の集落を過ぎ、湯ヶ野の温泉場に入ると駐在所があった。年輩の巡査が制服姿で軒下に出て、暑そうに空を見上げている。浅見が車を停め、近づくと、道でも訊《き》きに寄ったものと思ったらしく、愛想のいい顔をこっちに向けた。

「先月、天城峠で人が死んだそうですね？」

浅見は挨拶《あいさつ》と一緒のように、頭を下げながら訊いた。

「ああ、あの事件のことですか」

巡査は少し訛《なま》りのある口調で言った。その事件が何か？　という目になっている。

「最初に死体を発見したのは、中学生だそうですね？」

「はあ、そうですが」

「しかし、事故を目撃したのは、大学生だったとか」

「そうです」

「その時、大学生は人身事故であることに気付かなかったのでしょうか」

「そのようですな」

「もし気付いていれば、被害者は助かったかもしれませんね」

「さあ、どうでしょうな。もう死んでおったのかもしれんし。なんとも分かりません」

「その際、大学生は、警察に対して事故の報告はしなかったのですか？」

「しなかったが、ドライブインのおやじさんに話しとったそうです。それに、事故を目撃したといっても、怪我人はおろか、被害があった形跡は何もなかったのだし、まあ、責められんでしょう。中の一人は、一応、崖の下を覗いたことは覗いたそうですよ」

「それなのに気付かなかったのですか」

「まあ、そういうことですな」

「中学生が気付いたのに、大学生である彼等が気付かないというのは、おかしなものですねえ」

「ははは……」

巡査は浅見の言葉をジョークと受け取って、真っ黒に日焼けした顔に白い歯を見せて笑った。

「それはあんた、学歴とはあんまし関係ないでしょう」

「そうですね、単純な視力の問題ですか。しかし、中学生は何気なく覗き込んだのでしょう？　それに対して大学生は、事故の可能性があると思って覗いた。それなのに気付かなかったというのは、ちょっと変だと思いませんか？」

「はあ……」

巡査は妙なことを言うやつだ——と、警戒する表情になった。

「あんた、何か、警察の捜査に手落ちでもあると言うのですか？」

「いや、とんでもない、ぼくはただ、おかしなことがあるものだなと、そう思っただけですよ」

「それならいいが」

巡査はもう行ってくれ、と言わんばかりに背中を向けた。その背中に向けて、浅見は執拗《しつよう》に言った。

「ところで、現在、捜査はどの程度進捗《しんちょく》しているのでしょうか？」

「さあねえ、私は直接タッチしているわけではないから、よく分からんが、轢き逃げした車両の割り出しを進めておるのではないでしょうか？」

「まだ手掛りは摑《つか》めていないのですか？」

「そのようですなあ……」

巡査は眉《まゆ》をひそめた。

「あんた、ずいぶん熱心に訊きたがるが、被害者と何か関係のある人ですか？」

「ええ、ちょっとした知り合いです」

「ほう……」

巡査は油断のない目になって、浅見を足元から頭まで、睨《ね》め上げた。「名前を聞かせてもらいましょうか」

「浅見です、浅見光彦といいます」

「ついでに住所も聞いておきましょうか」

「なんだか、不審訊問《じんもん》みたいですね」

「まずいのですか？」

「いえ、そんなことはありません。住所は東京都北区西ケ原《にしがはら》……」

浅見は素直に住所を言った。巡査は「念のために、免許証を」と要求したが、それにも文句をつけなかった。もっとも、断わる理由もない。

「まちがいないようですなあ」

巡査は免許証と浅見の顔を見比べて、なんだか不満でもあるかのように、言った。

「あなたは事故の目撃者である大学生グループのことは、ご存じないのですか？」

浅見はあらためて、訊いた。

「ああ、知りません。その人たちは東京の大学ですからな。こちらから捜査員が出向いて事情聴取をしたのとちがいますか」

彼等の身元など、それから先のことは、駐在では分からないようだ。浅見は巡査に礼を述べて、車に戻った。その後ろ姿を見ていた巡査は、車が走りだすのを待って、電話に向かった。

――峠を越えてからは、山や空の色までが南国らしく感じられた。――

『伊豆の踊子』の一節は、湯ケ野まで下りてくると実感できる。

坂道を下って、国道一三六号線にぶつかる直前で、巡査が二名出て検問をやっていた。車を停め、「免許証を拝見します」と言う。浅見が免許証を渡すと、「申し訳ありませんがちょっと派出所まで来てください」と、助手席に乗ってきた。もう一人の方はパトカーに乗って追随してきたから、どうやら、検問のターゲットは自分であったことが浅見にも分かった。

派出所の駐車場に車を置き、建物の中に案内された。派出所にはクーラーがなく、車を出た浅見はたちまち汗塗《あせまみ》れになった。

「お急ぎのところ、申し訳ありませんなあ」

警部補の襟章をつけた、若い警察官が折り畳み椅子を勧め、自ら冷たい麦茶を汲《く》んできてくれた。

「何かあったのですか？」

浅見はとぼけて訊いた。どうせあの駐在巡査の差し金であることは分かりきっている。

「いや、大したことではないと思うのですが、まもなく本署から連絡が入りますので、いましばらくお待ちください」

警部補は丁寧な物言いだ。この若さで警部補なのだから、大学出で、頭もいいにちがいない。しかし、愛想のいい警官ほど根は頑固で、融通のきかないことを、浅見はこれまでの経験で知っている。こりゃ、何を言っても無駄だな――と判断して、腰を据えることにした。

しばらく――と言ったが、本署からの人間は、それから三十分も待たせてやってきた。パトカーから出てきたのは三人で、全員が私服である。先頭の男に、派出所の警部補が挙手の礼を送ったところを見ると、警部と考えていい。三十五、六の精悍《せいかん》な顔の男だ。

「こちらさん？」

警部補に訊いてから、浅見の前に椅子を置いて、座った。

「浅見さん、でしたね？」

いきなり言った。

「そうです」

「私は静岡県警捜査一課の保田《やすだ》です」

「警部さんですね？」

浅見が言うと、おや？――という顔になった。

「よく分かりますね」

「はあ、そのくらいは……。県警から一課の警部さんが出てきているとなると、捜査本部が設置されたのですか」

保田警部はちょっと身を反らせて、いよいよ、いやな顔をした。

「あなた、ブン屋さんですか？」

「いえ、そうじゃありません」

「それにしちゃ、詳しいですな。ご職業は何ですか？」

「もの書きの端くれです。ルポライターのようなことをやってます」

「なるほど、道理でねえ……、そうすると、今回はこの事件の取材ですか？」

「いえいえ、ただの通りすがりです」

「ふーん……」

保田はそれが癖なのか、口を尖《とが》らせるようにして、浅見の顔を眺めた。

「しかし、湯ケ野の駐在に、いろいろ訊いていたそうじゃないですか」

「ええ、ちょっと興味があったものですからね。そうだ、せっかくですから、警部さんにもお訊きしてもいいでしょうか？」

「ん？　私に？」

保田は狼狽《ろうばい》した。「訊きたいのはこっちなんですがね」

「ああ、それはもちろん、そのあとで結構です。それで、ぼくに何をお訊きになりたいのですか？」

「それは、ですな……」

妙な雲行きに、警部は当惑している。しかし、部下たちの手前もあって、何か格好をつけなければならなかった。

「あなた、取材でもないのに、なんだってこの事件に首を突っ込むのです？　被害者と何か関係があるとか言ってたそうだが、どういう関係か、話してくれませんか」

「ちょっとした知り合いです」

「ちょっとした、というのは具体的にいうとどうなのです？」

「亡くなった小林さんの娘さんと知り合いなのです」

「ほう、恋人ですか？　なかなかの美人だったが」

保田警部は、ちょっと羨《うらや》ましそうな顔をした。

「いや、ただの知り合いですよ。まだ二度しか会ったことがありません」

「ふーん……それにしちゃ、ばかに熱心なことですなあ」

保田は急速に浅見を疑いはじめた。

「あなた、七月十五日はどこにいました？」

「えっ？　あれ？　ぼくのアリバイを調べるのですか？」

浅見は驚いた。

「いや、べつに調べるというほどのことではありませんよ。単なる手続きというか、われわれの口癖みたいなものでしてね、気にしないでください。しかし、一応、いまの質問には答えていただきますがね」

「ぼくのほうも、べつにこだわりませんよ。七月十五日のアリバイははっきりしています。午前十時頃から、午後四時頃まで、横浜の室内プールにいました。当日は日本泳法の大会があって、それを取材していたのです。カメラマンも同行してますから、彼が証言してくれるでしょう。なんでしたら、ぼくの母親がその大会に参加した薫泳会というグループの名誉会長を務めてますから、確かめてみていただいても……」

言いかけて、浅見は「あ、それはまずい」と慌てて打ち消した。あの母親のところに刑事が行ったりすれば、ろくなことにはならない。

「どうしてです？」

保田は敏感に反応した。

「いや、考えてみたら、その日は会場に来ていなかったのでした」

浅見は言ったが、保田警部は疑わしそうに浅見の狼狽ぶりを眺めている。

「ところで警部さん」

浅見は自分の動揺を糊塗《こと》するために、急いで言った。

「捜査はどの程度進展しているのですか？」

保田はいやな顔をした。

「それは申し上げられませんな」

「車両の割り出しはうまくいっているのでしょうか？」

「順調にいってはいるが、発見にいたっていないということです。それ以上のことは、その、捜査の機密に属することですから、部外者にお話しするわけにはいきませんよ」

苦しまぎれにそう言った。

「そうですか、それは残念ですが、やむを得ませんね」

浅見はあっさり諦《あきら》めてから、「それでは、事故を目撃した大学生の住所氏名を教えていただけませんか。できれば崖の下を覗いた人がいいですね」と言った。

保田警部は、虫歯でも痛むように、頰を歪《ゆが》めたが、それまで断わる理由はないと判断したのだろう、しぶしぶ記録を引っ張りだした。

だが、浅見が東京・高田馬場《たかだのばば》のその住所を尋ね当てた時、学生は帰省中であった。アパートの管理人によれば、帰ってくるのは九月に入ってからになるだろうということであった。

浅見は、管理人にメモを託した。メモには「七月十五日の天城峠の事故について、お尋ねしたいことがあります。お帰りになりましたら、左記までご連絡ください」と書き、住所と電話番号を記した。

第二章　夢の国へ

1

高校野球の決勝戦が行われた翌日の朝、テレビのニュース速報が茶の間の人々を、ちょっとばかり驚かした。

——けさ早く、東京目黒のマンション八階の部屋で、アイドルタレントの桜井夕紀さん二十一歳と、桜井さんのマネージャー・藤田《ふじた》武邦《たけくに》さん二十八歳が死んでいるのを、二人が所属する武上《たけがみ》プロの社長・武上清作《せいさく》さんが発見して、警察に届けました。詳しいことはまだ分かっていませんが、遺書のようなものが残されており、心中の疑いもあるものとみて、警察で調べております。なお、このニュースは詳しい情報が入りしだい、お知らせいたします。

浅見光彦はこの速報を知らなかった。彼が起きだしたのは九時をかなり回ったころだ。ダイニングルームで、ひとりトーストを焼いていると、お手伝いの須美子《すみこ》が来て、その話を伝えた。

「坊ちゃんは、桜井夕紀が死んだの、知ってますか？」

須美子はいくら言っても、「坊ちゃん」というのをやめようとしない。すでに引退したばあやがそう呼んでいたのを、そのまま踏襲しているのだが、このごろでは浅見の方が根負けして、注意するのをやめた。

聴いた瞬間は、浅見には何のことかピンとこなかった。何か、桜井夕紀が出演しているドラマの中の話のように錯覚した。そういう筋になっていたのかな――と、呑気《のんき》なことを考えていて、「はっ」と気付いた。

「いま、何て言った？」

よほど大きな声を出したのだろう。須美子はコーヒーカップをテーブルの上に落としかけた。

「ああびっくりした。脅かさないでくださいよ、もう」

「悪い悪い、しかし、いま桜井夕紀が死んだとか言わなかったか？」

「ええ、言いましたよ」

「どういうことだ？　それ」

「どういうって、桜井夕紀が死んだのですよ、けさ」

「けさ？」

「ええ、心中じゃないかってニュースで言ってました。遺書があったんですって」

「心中？　誰と？」

「マネージャーのなんとかいう人です」

浅見はあぜんとした。それと同時に、自分が何か取り返しのつかないことをしたように思った。

「いつだったか、桜井夕紀から何度も電話があったそうだね？　そうそう、横浜で水泳大会のあった日だ」

「ええ、ありました。坊ちゃんがお留守で、五回ぐらいあったかしら……、なんだかずいぶん急いでたみたいでしたけど、最後の時に奥様がお代わりになって、そしたら、いきなり切られたとかおっしゃって、たいへんお怒りでした。坊ちゃんには黙っているようにっておっしゃるもんで、黙っていましたけど、いけなかったでしょうか？」

「いや、そのことはおふくろから、いやみと一緒に聞かされたよ。しかし……、そうか……、彼女が死んだのか……」

浅見は食欲も失せた。桜井夕紀は何か相談をしたかったにちがいない。おそらく、マネージャーとの恋愛問題について、悩んでいたのだろう。自分にそういうデリケートな問題をさばく能力があるとは思えないけれど、せめて力づけることぐらいはできたかもしれない。

テレビや舞台で笑顔を振りまき、あれほど幸福そうに見えた桜井夕紀が、死ぬほどの苦しみを抱いていたことが、浅見は不憫《ふびん》でならなかった。

（まったく、人間の幸福なんてものは、儚《はかな》いものだ――）

暗然と思った時、桜井夕紀のイメージとダブって小林朝美の顔が浮かんだ。朝美もまた幸福から不幸へと、運命のいたずらに揺さぶられた女性だ。

電話が鳴って、須美子が「週刊毎朝の小宮《こみや》さんです」と言った。小宮は浅見と桜井夕紀の対談をセッティングした編集者である。受話器を握ると、挨拶《あいさつ》もそっちのけで、

「死んだの、知ってます？」と言った。

「ええ、いま聞いたところです。いったいどうしたのですかね？」

「心中だそうですよ」

「それも聞いたけど、信じられませんね」

「ほんとですか？」

「え？　何が？」

「いま言ったじゃないですか、心中なんかじゃないって」

「そんなことは言ってませんよ。ただ、信じられないと言っただけです」

「ですから、つまりそれは心中じゃないってことなんでしょ？　名探偵が言えば、そ

ういうことになりますよ」

「そんな無茶な……」

「とにかく、これからお邪魔します」

小宮は一方的に言って、返事を待たずに電話を切った。編集者の強引さは須美子の「坊ちゃん」と同じで、抵抗しきれない。浅見は諦めて、小宮が来たら書斎に通すよう、須美子に頼んでおいた。それに、浅見自身、小宮の口から何か裏の情報が聴き出せるかもしれないという期待がないわけではなかった。

書斎で独りになると、桜井夕紀との対談の時の様子が浮かんでくる。あの時の夕紀には、若く、きらめくような栄光の真っ只中《まただなか》にいる――という印象があった。歌手としても成功していたし、ドラマに出ても、アイドルタレントらしくない、かなりシリアスな演技をやってのけていた。

――今度、はじめて時代劇に出していただけるんです。

眼を輝かせて、言った。

――静御前《しずかごぜん》の役なんです。白拍子《しらびょうし》っていうんですか、能舞台で踊るシーンがあって、いま、猛レッスンをしています。ロケーションもいっぱいあるっていうんで、とっても楽しみにしているんです。ストーリーの舞台は、ほんとは鎌倉なんですけど、鎌倉は俗化しちゃって、ぜんぜんだめでしょう。それで、ロケはとんでもないところなんですよね。どこだか分かります？　三陸《さんりく》海岸なんです。義経が落ちのびるところを撮影するついでに、一緒に撮るんですって。ビデオで観たんですけど、景色がきれいで、すっごい断崖絶壁があったりして、とっても怖そうで、いまから楽しみなんですよね。

とてもよく喋《しゃべ》った。浅見の質問にもピンピンと小気味よく反応して、なかなかの才気を窺《うかが》わせた。

（その桜井夕紀が死んだか——）

浅見は暗澹《あんたん》とした気分だった。

小宮はやってくる早々、電話の続きをせき込んで話しだした。

「いや、浅見さんじゃないですけどね、うちの芸能担当のやつも、信じられないって言ってるんですよ。寸前まで、そんな気配はぜんぜんなかったし、人気絶頂の夕紀が、こんなにあっさり死ぬわけがないですからね」

「そんなこと言っても、現実に死んだのだから、仕方がないでしょう？」

「あれっ？」と小宮は妙な顔をした。

「浅見さん、いやに突っ張ってますね」

「べつに突っ張ってなんかいませんよ」

「いや、突っ張ってるな。もしかして、桜井夕紀に惚《ほ》れてたんじゃないでしょうね？」

「つまらないこと言わないでください」

浅見は珍しく、なかば本気で怒った。小宮は「うへっ」と恐縮したが、口は減らない。

「しかし、あの対談の時は完全にいいセン行ってましたよ。彼女のあんな素直なところ、見たことないものなあ」

そのことは浅見も認める。最初のうちはいつもどおり、適当にブリッ子を装っていたけれど、対談の後半にいたって、桜井夕紀は素顔の女のコに戻っていた。一人の娘としての悩みなど、かなりきわどい部分もさらけ出して、立ち合ったマネージャーに注意されることもしばしばあった。対談終了後、マネージャーは弱りきった顔で、小宮にオフレコ部分のチェックを申し入れていた。

「あの時のマネージャーですか？　相手は」

「そうです。ええと、藤田とかいったな」

小宮はメモを見て言った。「あの男のことにしたって、夕紀が惚れるような相手には思えないんですけどねえ。浅見さんが相手だったのなら、べつに不思議でもなんでもないけど」

そのジョークを黙殺して、浅見は訊《き》いた。

「遺書があったそうですね？」

「ええ、遺書っていえるかどうか、詩みたいなもんですね」
小宮はポケットからメモを出して、浅見に渡した。電話で聞き書きしたらしい、ひどくぞんざいな字で、判読に苦労した。

夢の国へ
夢の国へ旅立つ
エメラルドブルーの列車
怖くなんかない
愛する人と一緒
夢を見つめていれば
死ぬことだって平気
椿咲いていた
あの日のこと忘れない
ああ　夢の国へ
よそ見などしないわ
ああ　夢の国へ
見つめあっていれば

ああ　夢の国へ
きっと結ばれるもの

「これが、遺書、ですか……」

浅見は切れぎれに言った。なんだか遣《や》り切れなかった。若い女性というのは、死ぬ時まで、こんな風に気取って死んでゆくものなのだろうか――。これではまるで、いま流行のパフォーマンスそのものじゃないか。目立ちたがり、出たがり、テレビに映りたがりばかりの、当世風若者の典型といってしまえばそれまでだが、死とはもっと厳粛なものではないのか。こんな甘っちょろい気分でなんか、死んでもらいたくなかった。桜井夕紀はそんな女性だったのか。

詩のメモを眺めながら、さまざまな想いが浅見の脳裏を駆けめぐった。その思考の中で、一つの文字が浅見の心を捉《とら》えていた。『椿』――そうだ、あの時も椿の花が満開だったっけ――。

「浅見さん、憶《おぼ》えていますか」

小宮がしんみりした口調で、言った。

「桜井夕紀と対談してもらった時、椿が満開でしたよねえ。あの子、椿が好きだって言ってたっけなあ……」

浅見はドキッとした。まるで自分の胸の内を見透かされたような気がした。

その対談は目白《めじろ》にある庭園レストランで行った。庭に椿が満開で、対談の途中、夕紀は何度も言葉を休めて、椿に見惚れていることがあった。

——私、椿が好きなんです。このあいだ、ドラマのスタッフや出演者がみんなで、鎌倉に史蹟《しせき》の見学に行ったんですけど、あちこちのお寺に椿が咲いていて、とてもきれいで、よかったです。

——そう、椿は鎌倉によく似合う花ですからね。

浅見はそう言った。

——昔の手鞠《てまり》歌に、鎌倉と椿を歌ったこんなのがあるんです。あれ見やれ向う見やれ、六枚屏風《びょうぶ》に双六《すごろく》……。

例の歌を唄《うた》うのを、夕紀は神妙に聴いていた。浅見が唄い終わって、「あははは、歌手の前で歌を唄うとはずうずうしいですね」と照れると、夕紀は真面目な顔で、「そんなことはありません」と、ムキになった。

——とってもいい歌です。そんな歌が残っているなんて、私、鎌倉がますます好きになりました。

——しかし、残念ながら、この歌は鎌倉にではなく、伊豆地方に伝わっているのですよ。

──あ、そうなんですか……。

　夕紀はちょっとがっかりした。

──それとね、椿の花は縁起が悪いって、昔の武将は嫌ったそうですよ。花がポロリと落ちるでしょう、あれが、首の落ちるのを連想させるのだそうです。

──そうなんですか？　でも、私はそういうところがかえって好きです。もしタレントを辞める時には、あんな風にいさぎよく辞めたいって思うんです。死ぬ時も……。

　そう言っていた。「タレント……」以降はマネージャーの希望でカットされたから、活字にはならなかったが、浅見はむしろ、その部分こそが桜井夕紀のパーソナリティーだったのではないか、と残念な気がしたものだった。

（つまり彼女は、あの時の言葉をそのまま、実行に移したということか──）

　浅見は憮然《ぶぜん》とした。しかし、短い詩の中の「椿」の文字が、妙に心にひっかかった。その文字が、あたかも自分に何かを呼びかけているように、何度も振り返らずにはいられないものを感じた。

「兆候はあったのですか？　つまり、心中に向かうような」

　浅見は小宮に訊いた。

「いや、ですからね、誰も気がつかなかったって言うんですよ。だから、こいつは、藤田マネージャーが仕掛けた無理心中じゃないかっていう説もあるようです」

「えっ？　遺書を書いたのは彼女の方じゃないのですか？」

「いや、筆跡鑑定はこれからでしょう」

「しかし、こんな詩を藤田マネージャーが書くとは思えませんねえ」

浅見はもう一度、詩を読んだ。

「それにしても、武上プロは大損害ですね」

小宮の言い方は面白がっているように聞こえる。

「なにしろ夕紀は武上プロのドル箱ですからねえ。年間十億ぐらいは、彼女一人で稼ぎ出していたんじゃないかな」

「死因は何だったのですか？」

ようやく、浅見の関心がそっちの方へ移った。小宮は「そうこなくっちゃ」と言いたげに、ニヤリと笑った。

「服毒死みたいですね。詳しい情報はまだ入ってきてないけど、青酸カリか何かじゃないのかな。浅見さん行ってみませんか？」

「行くって、どこへですか？」

「またァ、とぼけないでくださいよ。決まってるでしょう、目黒署へですよ」

「目黒署へ？　何しに？」

「またまた、にくいね。まあいいでしょう、そのうちに、きっと動きだしたくなるに決まってるんだから。その時はぼくの方にまず声をかけてくださいよ。浮気はいけませんよ」

陽気に言うだけ言うと、小宮は来た時と同様、風のように帰って行った。

小宮に対してはそう言ったものの、浅見は桜井夕紀の事件には、興味どころでない、責任のようなものを感じている。いますぐにでも飛んで行って、真相を解明したい気持ちだった。

しかし、ここ当分は事件の周辺には近寄ることはできないだろう。警察の管理下にあるということよりも、貪欲《どんよく》なマスコミの取材攻勢の渦中にあるからだ。「名探偵」浅見光彦の名はそうポピュラーではないが、ジャーナリストの中ではちょっとは知られている。へたに動けば、本職のレポーターの格好の餌食《えじき》にされたり、ミイラ取りがミイラにだってなりかねない。

浅見はできるだけテレビの報道番組や、ニュースショウの番組を見て、事件の内容を把握しようと心掛けた。

それにしても、テレビにとって、悲劇や醜聞は制作費のかからないドラマのようなものらしい。あらゆる放送局のあらゆる時間帯に、さまざまな工夫を凝らして、桜井夕紀の「心中事件」が放送された。

日が経って、警察の捜査が完了し、事件報道のネタが出尽くすにつれて、小宮が言っていたように、どうやら「無理心中」の様相がはっきりしてきた。

関係者の誰もが口を揃えて、桜井夕紀が藤田武邦を愛していた形跡はまったくないというのである。いや、だからといって、夕紀が藤田に対してことさら冷たい態度を取っていたということもない。要するに、二人の関係はタレントとそのマネージャーの、ごく事務的なものにすぎなかったということだ。

藤田の側《がわ》が一方的に夕紀に惚《ほ》れていたかどうかについても、知っている人間はいなかった。しかし、武上プロの関係者の中には、最近になって、藤田と夕紀が頭をつき合わせるようにして、何かヒソヒソ話をしているところを目撃したという者が何人かいた。

「いや、だからって、いい話をしているとか、そういう雰囲気じゃなくて、どっちかって言うと、深刻そうだったですよ」

彼等はそんな風に言っている。

「ただ、仕事の話にしちゃ、陰の方でコソコソやっていて、変だなって、そう思っただけです」

それが怪しいといえば怪しい材料ということであった。

夕紀に藤田以外の特定の男性がいたということもなさそうだった。また、逆に藤田にも恋人と呼べる女性がいた気配はない。藤田は二十八歳、年齢的には恋人はもちろん、妻子がいてもおかしくないのだが、藤田にかぎらず、タレントプロのいわゆる「おッキ」と称する職業に従事している者は、ある程度、ふつう並の人間らしい生き方を放擲《ほうてき》しないとやっていけないようなところがある。

文字どおり寝る間もないほどのスケジュールをこなすタレントの行くところ、どこへでもついて行かなければならない。当然、タレントより早くから起きだし、タレントより遅く寝る毎日だ。恋人どころの騒ぎではない。

そういう生活の中で、お互いに付き合うことのできる異性がタレントとマネージャーの関係にある、というのは、ある意味では危険ともいえる。現にそういう関係同士での結びつきや結婚——というケースも珍しくないのだ。

藤田が夕紀に対して、節度を忘れた愛情を抱いたとしても、それは無理からぬことだったろう。しかし、それを表明した瞬間、彼はマネージャーとして失格することを覚悟しなければならない。武上プロはこの種のスキャンダルに対しては、完膚なきまでに制裁を加える。もちろん、制裁を受けるのはマネージャーの側だけで、彼はこの業界そのものから、永久追放されることになるだろう。

その重圧に耐えかねて、藤田はついに愛する女と永久に結ばれる道を選んだのだ——と、それが警察とマスコミが出した結論であった。

2

武上プロの武上清作社長は消沈しきっていた。タレントのスキャンダルによって損害を受けるのは、そのタレントを起用したテレビ局やスポンサーもさることながら、タレントの所属プロの痛手がもっとも大きい。

「桜井夕紀は武上プロのドル箱——」と言っていた小宮の言葉どおり、武上にとって夕紀を失ったことは大きな痛手だった。

夕紀が稼ぎ出すはずの、出演料やテレビCM契約料などの膨大な金をみすみすフイにしたことはもちろんだが、向う一年間ほども決定していた、夕紀の出演予定を全部キャンセルにしなければならなくなった。

そのことによって生じる業界内での信用失墜が、これからの営業に支障をきたさないはずがない。とりわけ、撮影が快調に進んでいたNテレビの大型時代ドラマ『義経と静』の、第一回から第三回までの、静御前のからむ場面すべてを撮り直さなければならなくなったことは、損害賠償を請求されても仕方のないケースであった。もっとも、この件についてはNテレビが香奠《こうでん》代わりの免責にしてくれたけれど、大きな借りが出来たことは否定できない。

しかし、さしもの大騒動も、一週間も経つとすっかり下火になった。九月の声を聞き、新学期が始まると、追っ掛けマンと呼ばれる芸能レポーターの連中の関心は、早くも他の獲物に向けられていた。そうして、そうなるのを待っていたかのように、浅見光彦が動きはじめた。

浅見はまず、心中事件を扱った目黒署を訪ねた。事件は早くに「心中」として処理されたので、捜査本部が設けられるということもなかった。ひところ、署の玄関前に詰め掛けていた報道陣もとっくに影をひそめて、刑事課長はひまそうに浅見を迎えた。

「はあ、名探偵の浅見さんですか」

刑事課長は名刺を見て、少し冷やかすように言った。浅見の名前は東京都内の警察署では、ようやく知られるようになってきた。それは課長が言った「名探偵」としてよりも、むしろ、警察庁刑事局長の弟としての、いわば「うるさがた」に対する警戒心がそうさせているのである。浅見がどんなに難事件を解決してみせても、警察が浅見を見る目は、やはり素人に対するものであることに変わりはない。それはちょうど、浅見の母親・雪江が、いつまで経っても、浅見を賢兄・陽一郎の愚弟——というイメージでしか見ない頑迷さと共通している。

「桜井夕紀さんの事件は、やはり心中だったそうですね」

浅見は世間話をするような口調で訊いた。

「ほう、すると、浅見さんはあの事件のことで見えたのですか?」

刑事課長は(物好きな——)といいたげに浅見を見た。「そうです、あれは結局、藤田マネージャーによる、無理心中と断定しましたよ」

「そう断定した理由は、例の遺書があったからですか」

「そうです、あの遺書……というべきかどうか分からないが、あれは、あらかじめ藤田が書いておいて、桜井さんの部屋へ持って行ったものと考えております。まったく、桜井さんにしてみれば、とんだ災難ですよ」

「しかし、ずいぶん妙な遺書でしたね。まるで歌謡曲の詩みたいな」

「そうですなあ、ああいう世界にいる人間は、死ぬ時までカッコよく死のうと思っているのと違いますか? もっとも、昔、華厳《けごん》の滝で死んだ、なんとかいう学生も、人生不可解とかなんとか、カッコいい言葉を残して死んだそうだから、いまの社会がどうのこうのとは言えませんがね」

課長は知識を披瀝《ひれき》して、ちょっと得意そうに笑った。

「その詩を書いたのは、藤田マネージャーであることは、確かなのでしょうか?」

「ええ確かですよ、筆跡鑑定もちゃんとやりましたからねえ。なんなら、コピーがありますから、見ますか?」

課長は机の引き出しから、少し皺《しわ》になった紙片を取り出した。「夢の国へ」という、あの詩が、やや右下がりの、あまり上手でない字で書いてある。

　夢の国へ
夢の国へ旅立つ
エメラルドブルーの列車
怖くなんかない
愛する人と一緒
夢を見つめていれば
死ぬことだって平気
椿咲いていた
あの日のこと忘れない
ああ　夢の国へ
よそ見などしないわ
ああ　夢の国へ
見つめあっていれば
ああ　夢の国へ
きっと結ばれるもの

浅見は詩を読んでいて、ふと気付いた。

「この字は、ちょっと筆跡が違うように見えますが」

「どれですか？」

「これです、『椿』という字です」

「ああ、それはね、一度書いたのを消して、書き直しているのです」

「書き直した、というと、これはエンピツで書かれたものですか？」

「そうです」

「それにしても、ちょっと文字の形が、ほかのと違うような気がしますが」

浅見が言うと、課長は苦い顔になった。すぐに返事をしないで、煙草に火をつけながら、どう答えるべきか、思案をまとめている。

「じつはですね浅見さん、その文字は桜井夕紀さんが書き直した形跡があるのですよ」

「えっ？……」

浅見は驚いた。「じゃあ、桜井さんはこの詩を見ていたということですか？」

「どうも、そのようですなあ。もっとも、まさかこれが遺書だとは思わなかったでしょうがね」

浅見はあらためて、紙片の詩を眺めた。

「この消したところには、何という字が書いてあったか、調べたのですか？」

「もちろん、一応は調べましたよ。そこには桜という字が書いてあったのです」

「桜？……」

「そう、つまり桜井の桜、ですな。藤田は暗に桜井さんのことを詠み込んだつもりだったのかもしれません」

「それを桜井さんは『椿』に変えたのですか。どうしてですかねえ？」

「さあねえ、分かりませんなあ、そいつは。桜より椿の方が好きだったのかもしれんし、べつに理由がないのかもしれんし……。ただねえ浅見さん、これはマスコミの連中には黙っているのだが、この改竄《かいざん》があったことで、桜井さん自身にも心中の意識があったのではないかという、そういう疑いが若干、ないではないのですよ」

「なるほど……」

そういう見方をする者がいても不思議はないかもしれない、と浅見は思った。

「ところで、心中の状況ですが、服毒死だったそうですね」

「そうです、青酸性毒物でした。それをグラスのワインで一気にあおったのですな。まずひとたまりもなかったでしょう」

「死ぬつもりの藤田の方は分かるけれど、桜井さんまでが、なんだってそんな飲み方をしたのですかね?」

「それはですね、こう考えています。二人は誕生日を祝って、乾杯したのではないか、とね。もし合意でないとすると、そのワインの中に藤田が毒を入れたことを、桜井さんは知らなかったとも考えられます」

「誕生日、というと、誰の?」

「藤田のです。藤田の誕生日ですよ」

誕生日に心中するというのは、それもやはり、あの詩と同様、ある種の自己顕示なのだろうか?

「ところで」と浅見は憂鬱《ゆううつ》な気分をかき立てるように声を張って、訊《き》いた。

「心中の発見者は武上プロの社長だったそうですね」

「そうです、武上社長ですよ。朝、桜井さんとテレビ局で待ち合わせたのに、迎えに行っているはずの藤田ともども、いつまで待っても出てこないので、念のために桜井さんのマンションへ出かけてみたのだそうです。そうしたら、ドアには鍵《かぎ》がかかっていないし、おかしいと思って入ってみると、二人とも死んでいたというわけですな」

「そうすると、桜井さんを迎えに行ったり送って行ったりするのが、藤田の役目だったのですか」

「そうです、あの業界ではおツキとか言っているようですがね。だから、桜井さんの部屋に入り込んでいたとしても、不思議じゃないのだそうですよ」

「それにしても、いくらタレントとおツキでも、二人だけで、深夜、マンションの一室で酒を飲むというのは、ちょっと不謹慎なような気がしませんか」

「ははは、そりゃあなた、正常な社会人の言うことですな。あの世界じゃ、そんなことは不謹慎でも非常識でもなんでもない。昼と夜がひっくり返ったような世界ですよ。大麻なんかでパクられるのは、ほんの氷山の一角みたいなもので、それだって仲間内じゃ、運が悪かったぐらいで済んでいるんですからな。驚くことはありません」

「しかし、あの桜井さんにかぎって、そういう破廉恥はないと思いますが」

「ほう……」

刑事課長はちょっと身を引いて、浅見を眺めた。「浅見さんも彼女のファンだったのですか？　いや、うちの女房もね、桜井夕紀が可哀相だって言うんですよ。悪いのは一方的に藤田だろうってね」

「ファンとか、そういうことで言っているのではありません」

浅見は厳しい表情を作って、言った。「客観的に見て、彼女がそういう軽率なことをする女性とは考えられないのです。警察はいったいどういう状況を想定したのでしょうか？　藤田がワインを持ち込んで、自分の誕生日のために乾杯してくれと言ったとでもお考えになったのですか？」

「まあ、そういうことですな」

浅見の硬い口調に、刑事課長はいくぶん鼻白んだように答えた。「しかし、あるいは、桜井さんが藤田のためにワインを出して、お祝いの乾杯をしようと言ったのかもしれませんよ。それにね浅見さん、わずかだが、合意の心中である可能性もあることを忘れないでいただきたい」

「可能性ということなら、他殺の可能性は考えなかったのですか？」

「なに？……」

課長はキッとなった。相手が刑事局長の身内でなければ、怒鳴りつけたい気持ちだったにちがいない。

「他殺の可能性はなかったでしょうかとお訊きしているのです」

浅見はばか丁寧に繰り返した。浅見は自分でもおかしいほど、苛立《いらだ》つものを感じていた。桜井夕紀を見殺しにしたのではないか——という自責の念が、浅見の平常心を失わせているのかもしれない。

「他殺の疑いについても、もちろんそれなりの捜査は行っておりますよ。警察の仕事はそれほど杜撰《ずさん》ではないですからな」

課長は横を向いて言った。面と向かうと、声を荒げないではいられないほど、不愉快なのだ。こんな素人に、警察を甘く見られてたまるものか——と言いたい。

浅見は課長の露骨なポーズにも屈せず、言った。

「たとえば、どういう作業によって、そう判断されたのですか？」

「どういうって……、それじゃあんたに訊きますがね、どうして他殺の可能性があると考えるのです？」

「それは分かりません。ぼくには何のデータもないのですから」

「それだったら、警察の仕事にけちをつけるようなことは言ってもらいたくありませんなあ」

「まあ、そうおっしゃらずに、無理心中と断定した根拠を教えていただけませんか」

「あんたねえ……」

刑事課長はイライラがその極に達するのをかろうじて堪えた。

「二人はワインで乾杯して死んだのですぞ。そのことは知ってますね？」

「ええ、知っています」

「現場には、封を切ったばかりのワインがあって、ビンの中身には毒物は入っていなかった。グラスのほうは二個とも横倒しになっていて、一つは絨毯《じゅうたん》の上に落ちていましたが、そこからははっきり毒物が検出されたのです。つまり、ワインに最初から毒物が混入されていたわけではなく、グラスに注いでから毒を入れたということですな」

「その毒を入れたのはまちがいなく藤田だったのですか？」

「絶対そうだとは断言できませんがね。しかし、桜井夕紀さんが毒を入れたと考えるよりは、藤田がそうしたと考えるほうが妥当でしょう」

「二人以外の第三者ということはあり得ませんか？」

「ないと判断しました。ビンからは藤田の指紋しか検出されなかったし、グラスもお揃いのやつが二個しかなかった。そのグラスにも藤田と桜井さんの指紋しか付着していない。もう一つ、藤田のポケットには毒物が入っていたと思われるカプセルがあって、それにも藤田の指紋がついていました。さらに、ワインとグラスの入手先はNテレビ近くの店でしてね、店の人間によって、藤田が買いにきたことが証明されたのですよ」

「ほう、さすがですねえ。よくその店が割り出せたものです」

「そこがね、そこがモチはモチ屋たるゆえんですよ。なに、タネを明かすと、藤田のズボンのポケットに、その店の領収書が入っていたということですがね」

刑事課長はその時だけは不愉快を忘れたように、得意げに鼻をうごめかした。

「なるほど、しかし、そのボトルに藤田の指紋しかついていないというのは、ちょっとおかしくはありませんか？　店の人間の指紋だって、当然、付着していてもいいと思うのですが」

「そんなこと……」

刑事課長はバンザイの格好をした。「そんなことは、どうとでも考えられるでしょう。藤田がボトルをきれいに磨いたとか」

「死ぬつもりの人間が、そんなことに気を使ったりするものでしょうか？」

「何も藤田が磨いたとはかぎらないでしょう。桜井さんが磨いたのかもしれませんしね。その時点までは、まさか藤田に殺されるとは考えていなかったのだから」

「でしたら、第三者が磨いたとも考えられるのではありませんか？」

「堪忍してくださいよ」

ついに課長は悲鳴を上げた。

「あんた、そんなことを言うなら考えてみてくださいよ。いったい、どういう人物が毒入りのワインを二人に飲ませることができたというのです？」

「いや、それは分かりません。しかし、ドアの鍵は開いていたのですし、誰かが出入りした可能性がある以上、物理的に第三者の存在を否定できないのではありませんか？　それに、二人だけで乾杯するより、三人か、あるいはもっと多い人数で乾杯したというほうが自然ですよ」

「浅見さん……」

刑事課長はなかば哀れむように浅見を見て言った。

「あんたねえ、警察をばかにしすぎていませんか？　われわれの捜査はもちろん、そういう可能性についてもチェックしてないわけじゃないのですよ。関係者に対する事情聴取を通じて、桜井さんと藤田に対して殺害の動機を持つ人物がいないか、徹底的に調べました。その結果、一人として存在しないことが明らかになったんです」

「それは二人に対して共通の殺意を持つかどうか、ですか？」

「というと？」

「つまり、藤田氏一人に対して殺意を持っていて、その動機を隠蔽《いんぺい》するために桜井さんを巻き添えにしたということも、あるいはその逆も考えられるのではありませんか？」

「もちろん、もちろん……」

刑事課長はここぞとばかりに、力を籠《こ》めて言った。

「そのどちらについても確認してます。警察の捜査はつねに完璧《かんぺき》を期しているのです」

まるで、「巨人軍は不滅です」と言った時の、長嶋選手のような口調であった。

3

浅見は目黒署を出ると、五反田《ごたんだ》にある武上プロを訪ねた。五反田駅から少し都心寄りの、池田山《いけだやま》という高級邸宅街の小高い丘の上に白亜のマンションが建っている。武上プロはその二室をぶち抜きに改装して使っていた。そういう風にオフィスとして使用しているケースが多いらしく、一階のロビーにある名札には、会社の名前がズラリと並んでいる。

浅見が武上プロのドアの前に立って、チャイムボタンを押しかけた時、いきなりドアが開いて、「とにかく今日のところはお引き取りください」という男の声とともに、中年の男女が押し出されてきた。「そんなこと言われたって、わたしらぁ納得いがねぇて」と、押し出された方の男が、新潟訛《なま》りでブツブツ言うのを無視して、部屋の中から身を乗り出した男は浅見に言った。

「おたくさんは？」

「浅見といいます。週刊毎朝から来ました」

浅見は肩書のない名刺を出しながら、小宮の雑誌の名を告げた。社外記者という触れ込みのつもりだ。

「取材ですか？　そう……」

男は一瞬、いやな顔をしかけたが、廊下にいる男女をチラッと見て、気が変わったらしい。「じゃあ入ってください」と浅見を引っ張り込むようにして、あとをピシャリと閉め鍵《かぎ》まで掛けた。外の二人が貧弱な体格なのとは対照的に、胸回りの大きい、ズングリした体軀《たいく》の男だ。七分刈りした頭が、ちょっとヤクザっぽい精悍《せいかん》な印象を与える。

芸能界にあまり精通していない浅見でも、この人物のことは知っている。このところのテレビには、桜井夕紀とマネージャーの心中事件のスポークスマンとして、ほとんど出ずっぱりに出ている武上プロ社長・武上清作である。

武上は背中を丸めてセカセカと歩く癖があるらしい。浅見の前に立って、部屋の反対側にある応接セットまで行き、「どうぞ」と無愛想に椅子を勧め、自分も向かい側に座った。

「桜井さんのご両親ですか?」

浅見が後ろを振り返りながら、あてずっぽうを言うと、男は今度は露骨にいやな顔を見せた。

「ああ、そうなんですよ。補償がどうのこうのと、言ってきましてねえ。そんなこと言われたって困るって言っても、しつこくてね。ほんとは補償をしてもらいたいのはこっちの方だって言いたいくらいですよ。夕紀を一人前にするのに、いくらかかったと思っているんですかねえ、まったく」

「ほんとに大変ですねえ」

あまり雑誌記者らしくない浅見の受け答えに、武上は（こいつトーシロじゃないか）と言いたそうな顔をした。

「で、今日は何の取材ですか」

「はあ、桜井さんの事件のことで、ちょっとお訊きしたいことがありまして」

「へえー、おたく、まだやってるの？　よそはみんな終わったみたいだけど……。だけど、あんた、あまり見ない顔ですね」

「以前、週刊毎朝で桜井夕紀さんと対談したことがあります」

「ああ、あの時の……、たしか私立探偵もやってるとか言ってたんじゃないですか？」

「はあ、ほんの副業ですが」

「ふーん、それじゃ、今日はそっちの副業のほうで来たの？」

「いや、両方です」

とたんに武上の態度が変わった。

「何だか知らないけど、夕紀のことなら、もうネタは出尽くしたし、こっちも答える気はないですよ。いろいろバタバタしてるし、また日をあらためて来てくれませんか」

言い捨てて立ち上がると、クルリと後ろを向いて、隣の部屋へ行きかけた。その背中に向かって、浅見は声を投げかけた。

「桜井さんは、ほんとうに心中なのでしょうかねえ。殺されたのじゃありませんか？」

「なにっ？……」

武上が恐ろしい顔をして振り向いた。部屋には女性が二人、事務を執っていたが、ギクッとして浅見の顔を見上げた。一瞬、凍りついたように、誰も身動きをしない。

「冗談言っちゃ困るよ」

武上社長は浅見に向けた人差し指を、はげしく上下させて怒鳴った。「ようやく事件の話が下火になったっていうのに、おかしな言いがかりはやめてもらいたい」

「しかし、桜井さんが心中をするはずがありませんし」

「だから、あれは藤田の無理心中だそうじゃないですか。もし疑問があるのなら、警察へ行って聞いたらいい。だいたいあんた、ほんとに週刊毎朝から来たの？　変だな、いま頃になって……。おい、毎朝に電話してみろ」

武上の言葉にはじかれたように、事務の女性がプッシュホンのボタンを忙《せわ》しくつついた。武上はこうすれば、この妙な「記者」が恐れをなして退散するとでも思ったのかもしれないが、浅見はその時になって、むしろ周囲の様子を眺めるほどのゆとりができた。部屋の壁には武上プロ所属のタレントのポスターやらレコードジャケットやらが、ところ狭しと並んでいる。白いボードの行動表には、社員の行き先を示す色とりどりの丸いマークが、各テレビ局やロケ先の地名の上に磁石で貼りついている。その表で見ると、マネージャーやおツキの社員は六、七人いるらしい。たまたま全員が出払っていたのは、浅見にとっての幸運であった。

武上は電話が通じると、浅見を横目に見ながら電話に向かって文句を言っている。そのうちに浅見に、「あんた、代わってくれ」と受話器を突きつけた。浅見が出ると、小宮の声がした。

「浅見さん、やってくれましたねえ」

口調から、褒めて言っているのではないことが分かる。

「いけなかったですか？」

「いや、いけないってことはないけど、ちょっとねえ……」

「だって、小宮さん、言ってたじゃないですか、動けって」

「そ、そりゃね言いましたよ、たしかに。しかし、そういうのはちょっとヤバイですよ。やり方がね」

「じゃあ、どうやればよかったのです？」

「ですから、そのウチの名前を使うのは、やっぱしね。いまはもう、その事件、古いネタだし、ウチでは、というよりどこの社でも追っ掛けてないんですよね」

浅見は絶句した。まだ半月も経っていない桜井夕紀の死を「もう古い」と言う感覚が、浅見には遣《や》り切れなかった。

「古い？……」

「分かりました、では……」

電話の向うで小宮が何か言い訳がましいことを呟《つぶや》くのを無視して、浅見は受話器を置いた。このままマスコミの世界と訣別《けつべつ》したい心境だった。

「どうかね、毎朝じゃもう追っ掛けていないって言ってたでしょうが」

武上は皮肉っぽい目で言った。

「ええ、どうもそうらしいですね」

「それが分かったなら、帰ってもらいましょうか」

「いや、雑誌記者としての取材は止めますが、副業のほうの質問はさせていただきたいのです」

「副業？　アホくさ、私立探偵のことを言ってるつもりかね。いったい依頼人は誰だというんです？」

「依頼人は桜井夕紀さんですよ」

「なにっ？……」

武上はギョッとした。

「桜井さんが、七月十五日にぼくに電話をしてきたのです」

「嘘をつきなさんな」

「嘘ではありませんよ。だからこそ、こんな時期になってからノコノコお邪魔したのではありませんか。これまで、武上さんはお忙しくて、じっくりお話をお聞きするわけにはいきませんでしたからね」

「じゃあ、訊くが、夕紀は何を依頼したっていうんですか」

「それは言えません。依頼人の秘密に関することですから」

「そんなこと言ったって、依頼人はすでに死んじまったじゃないですか」

「ええ、しかし、契約は生きています」

「そんな出鱈目《でたらめ》を信じますか。さ、とにかく帰ってもらいましょう」

「その前に、二、三質問をさせてください」

「断わります。あんたの質問に答える義務はない」

追い出されるように武上プロの部屋を出て、マンションの玄関に下りると、先刻の中年男女が、ガラスのドアの中から残暑の空を見上げて、途方にくれたように佇《たたず》んでいた。

「失礼ですが、桜井夕紀さんのご両親ですね？」

浅見は丁寧な仕草で声をかけた。夕紀の両親は、さっき浅見が「取材」にきた記者であることを聞いていただけに、警戒の色を浮かべた。

「じつは、私は夕紀さんと週刊毎朝で対談をした浅見という者です」

「ああ、あの時の……」

父親の方がほっとしたように表情をゆるめた。「あれは読ませてもらいました。とてもいい話で、あの子のいいところをうまく引き出していただいて……。そうでしたか、あなたさんが浅見さんでしたか」

父親につられて、母親も頭を下げた。

「このたびは、まことに、なんと申し上げていいのか、ご両親のお気持ちをお察ししますと、言葉がないくらい、私も残念でなりません」

浅見はただでさえ、四角四面の挨拶《あいさつ》が苦手なところへもってきて、心底からの同情が籠《こ》もっているから、喋《しゃべ》っているうちに熱いものが喉《のど》にこみ上げてきて、ぎごちない言い方になった。

「はい、ありがとうございます。そんな風におっしゃっていただくのは、あの子が死んでから、初めてのことで……」

父親も母親も、浅見の誠実な態度に感じるものがあるのか、涙を拭《ぬぐ》った。それにしても、父親にそう言わせるほど、マスコミの興味本位の取材合戦がはげしかったということなのだろう。浅見はそのことに義憤を覚えた。

「もしお差し支えがなければ、その辺りでお茶などいかがでしょうか？」

浅見の誘いに、両親は素直に従った。

浅見は両親を車に乗せ、芝公園の近くにある静かな喫茶店へ行った。

「桜井さんはたしか、新潟のご出身でしたね」

「はい、そうです、田舎者で」

そういえば、桜井夕紀が「私、カッペですから」と、対談の中で何度か言っていたのを思い出す。あれほど売れっ子になりながら、まだどこかに、地方出身者の負目を意識していたのだろうか、それとも、そんな風に自分に言い聞かせることで、そのことをバネにして、飛び上がろうとしていたのだろうか。夕紀のひたむきな目の輝きが、またしても浅見の脳裏に蘇《よみがえ》る。

それからしばらく、とりとめもない思い出話などをしてから、浅見は訊いた。

「夕紀さんと最後に会われたのは、いつのことですか？」

「あれはあの子が岩手の方にロケに行くとかゆうてた、前の日でしたか、たしか七月十一日だったと思います。私ら夫婦が東京に来て、あの子の案内でテレビ局の中を見せてもらったのでしたが。あれが最後になりました」

「その時、夕紀さんの様子はいかがでしたか？　何か変わったこと……、たとえば、その、今度の事件を予測させるような気配はありませんでしたか？」

「いいえ、何もありませんでした。とても嬉《うれ》しそうで、あっちこっち案内して歩いて、死ぬなんてこと……」

あとは言葉にならない。

「その際、藤田さんにはお会いにはならなかったのでしょうか？」

「会いました」

「どんな感じでしたか？」

「べつに何も感じませんでした。ただ、いつもお世話になっているって、挨拶して、こちらこそってあの人もゆってて……、それだけです。あんなことになるなんて、なぁんも……」

答えているうちに、また悲しさ悔しさが込み上げてくるのだろう。聞いている浅見も辛《つら》くなる。

「それっきり、お会いになっていないのですね？」

「ええ、会っておりません。電話では何度か話したんだども」

「その電話の感じはいかがでした？」

「それが、いま考えると、やはりどこかおかしかったような気がするのです。声の具合も元気はなかったし、せっかく電話してきたんだども、肝心なことは言わないで、何か言いたいのを、途中で止めてしまうような、心に引っ掛かるような、そんな喋り方をしてたようですて」

「そういう電話が掛かってきたのは、七月半ばごろではありませんか?」

「はい、そうですそうです、そのころからでした。……そうすると、おたくさんにも、何か心当たりがあるのですか?」

「いいえ、そうはっきりしたものではないのですが、ちょうどそのころ、私の留守中に夕紀さんから電話が何度もあって、それっきりになっていたものですから、もしかすると、私に何かおっしゃりたかったのではないかと、そんな気がしてならないのです」

「そうでしたか……、そうしたら、あの子は浅見さんを頼りにしてたのかもしれませんですねえ」

「ええ、そうかもしれません。それなのに、何もお応《こた》えできなかったことが、残念でならないのです」

話が途切れると、沈鬱《ちんうつ》な空気が三人を包み込んだ。

少なくとも、七月十一日までは、桜井夕紀には「心中」の兆候は何もなかったのだ。それが、四日後の十五日には一転、様相が変わっている。父親のところへはともかく、それほど親しくもない浅見に何度も電話してきたというのは、ただごととは思えない。その三日間の内に、何か急激な変化が夕紀の身の上に起こったということなのだろうか。

「さっきの様子から察すると、武上プロと、何か揉《も》め事がおありの様子ですね？」

浅見は話題を変えて、訊いた。

「はあ……」

夕紀の両親は、こんなことを他人に話していいものかどうかと、迷っている様子だ。

「あ、失礼。立ち入ったことをお訊きするつもりはありませんので……」

浅見が謝ると、かえってそれが呼び水になったように、父親は「いや、聞いていただきます」と言い出した。

「じつは、夕紀の出演料が、ここ三ヵ月分ばかり残っているはずなので、それをなんとかしてもらえないかと思って来たのです。そのほかにも、あの子が会社で積み立てた貯金があるはずだし、そういうことを手紙で書いてきてて、いつか家を建ててやるからって言ってて……。だから、少ない金額ではないと思うのですが、社長さんが言うには、そういう金は一切ないとかで、そんなばかなことあるかと、思って……。いや、わたしら、夕紀の金を当てにしてるわけではないけど、このままにしてたら、あの子も浮かばれないのではないかと思うんでして……」

「なるほど、そういうことだったのですか」

武上は「補償金」と言っていたが、そういう性質の金ではなかったのだ。もし父親の言うことが事実だとすれば、これは明らかに横領である。浅見はますます義憤を覚えた。

「分かりました、私がお役に立てるかどうか分かりませんが、できるだけのことはしてみましょう。ご両親もいつまでもこちらにいらっしゃるわけにはいかないでしょうから、ひとまず新潟にお帰りになって、私からの連絡をお待ちください」

「ほんとですか？　ほんとに、わたしらのことを面倒見てくれるのですか？」

父親は驚いたように浅見の顔を見つめた。

「ええ、どれだけ出来るか、はっきりとは申し上げられませんが」

「ありがとうございます」

両親は揃って、深々と頭を下げた。「事件からずっと、マスコミの人が来て、いろいろ訊いて行くのでしたが、みんな面白半分みたいな人ばかりで、家内なんか、ノイローゼみたいなことになってしまって、そのくせ、一週間もすると誰も来ないようになって、相談する人もいねぇし、ただ、情けない、悲しいばかりでしたのに……。ほんとに助かります、よろしくお願いいたします」

髪の毛が薄くなった頭を、何度も目の前で下げられて、浅見も悲しく切なくなった。そうして、その気の毒な両親のために、自分がいったい何をしてやれるのか、心許《こころもと》ない気がしていた。

第三章　北の旅

1

警察は桜井夕紀と藤田武邦を殺害するような動機を持つ人間はいない——と断定している。それはおそらく正しいのだろう。警察の捜査能力は、飛躍的な推理という面では、推理小説を地でゆくほどかっこいいものを期待するわけにはいかないが、いわゆる「5W1H」という捜査の公式にあてはまる、個々の現象に対して取り組む場合の技術的緻密《ちみつ》さという点では、驚異的なものがある。

桜井夕紀と藤田に繋《つな》がる、あらゆる人脈は徹底的に洗い出しただろうし、二人と利害関係を持つ人物には、執拗《しつよう》な追及があったものと見てまちがいない。

この事件で唯一はっきりしていることは、もしこれが心中でなく殺人事件であるとしても、ゆきずりの犯行や、突発的な犯意による犯行ではないという点だ。犯人はあらかじめ毒物を用意しているし、二人にそう怪しまれずに接近できるという条件を備えた者でなければならないのだ。

もっとも、そういう条件を持つ人間は、芸能界関係やマスコミ――とくにテレビ関係者に、かなり大勢いる。先輩タレントやプロデューサー、ディレクターなどが押し掛けてくれば、拒否できない弱い立場に、桜井夕紀があったことは想像に難くない。ただし、彼等のいったい誰が、夕紀に対して計画的な殺意を持ち得たかとなると、それはまったく皆無といっていいだろう。警察はそう結論づけたし、それが誤りだとする根拠は何もなかった。

しかし、それでもなお、浅見は情報源を漁《あさ》らないではいられなかった。といっても、いまさらどこを歩いてみても、とっくの昔に警察が通過して、草も生えていないようなところばかりだ。

「少なくとも、桜井夕紀を殺すような動機を持つやつはいなかったでしょうよ」

例の週刊毎朝の小宮はそう断言している。

「これは私だけじゃなく、各社芸能担当の連中の一致した意見です。浅見さんじゃないけど、彼女はほんとにいいコでしたからね。まさにアイドルそのものだったな」

「ちょっと待ってください」

浅見は気になって、訊《き》いた。

「いま、少なくとももと言ったけど、ということは、藤田を殺す人間はいたかもしれないという意味ですか？」

「いや、それは言葉のアヤみたいなもんですよ。もっとも、藤田の彼女が藤田と夕紀のあいだを邪推したのじゃないかっていう説は、一時期、流されたこともありましたけどね、あれはガセに近い話だったみたいですよ。いや、ウチは取り上げませんでしたけどね」

「じゃあ、藤田に恋人がいたのですか？」

「いや、恋人といえるほどのものかどうか。まあいいとこガールフレンドか、もしくはセックスフレンドってとこじゃないですか？　藤田の方は忙しくてかまっていられなかっただろうから、女の方が一方的に惚《ほ》れていたのかもしれませんがね。とにかく、そういう女性がいて、警察が目をつけたという事実はあるみたいですよ。しかし、結局、何もなかったんじゃないですか？」

「プロダクションの武上社長はどうなのでしょうね？」

「武上社長が？　どうしてです？」

小宮は呆《あき》れて、口を大きく開けた。

「ちょっと小耳に挟んだのですが、桜井さんの給料とか、積立貯金なんかを着服している気配があるのですよ」

「それで殺した、ですか？　あははは、冗談でしょう？　そんな金、夕紀が稼ぐ金に較べたら、屁《へ》みたいなもんじゃないですか。金のリンゴを食うために、リンゴの木を根こそぎ伐り倒したようなもんだ。それどころか、夕紀に死なれて、武上社長は頭を抱えていますよ。自分が死にたいくらいだってね。第一、武上社長の肩を持つわけじゃないけど、夕紀の仕事のキャンセルで直接受けた損失だけでも、給料や積立貯金ぐらいじゃ追いつかないんじゃないかなあ」

小宮に笑われたところで、浅見の調査はついに実るものがないままで終わった。残された道は、桜井夕紀自身の問題を探る方法しか残っていない。

夕紀の両親の話によれば、七月十一日までの桜井夕紀と、七月十五日以降の彼女とは、明らかに様子が変わったという。夕紀から浅見のところに、何やら切迫した感じの電話があったことからいっても、それは頷《うなず》けるものがある。その変化に何か意味があるのか――。その変化が、四十日後の悲劇に結びついているのか――。

七月十二日から十四日までの三日間に、桜井夕紀の身の上に何か重大な事件があったのだろうか？

浅見はここへきて、武上プロの社長と喧嘩《けんか》別れ同然に別れたことを悔やんだ。夕紀のその三日間の行動を知るのに、苦労しなければならない。

考えあぐねて、浅見はふたたび、目黒署の刑事課長を訪ねた。

事件から二週間。もう、目黒署は桜井夕紀の心中事件からは、すっかり手を放してしまったようだ。ひところは玄関前を埋めていた報道陣も消えて、署内はのんびりした雰囲気だった。

刑事課長は浅見を見ても、何の話か――というような反応を示した。

「桜井夕紀さんが、七月十二日から十四日まで、どこで何をしていたか、彼女の行動を調べていただきたいのですが」

浅見が言い出すと、刑事課長はうんざりした顔にもう一つ、呆《あき》れた表情を重ねた。

「何ですかい、それは?」

「いま言ったとおりです。桜井さんの行動を調べていただきたいのです」

浅見は根気よく繰り返した。

「どうも驚きましたなあ」

刑事課長はいよいよ参ったと言わんばかりだ。「まだ桜井さんのナニを追い掛けているのですか? もうどこのテレビも週刊誌も扱っちゃいないんじゃないですか?」

「はあ、そのとおりですが、しかし、ぜひやってみていただきたいのです」

浅見はひたすら低姿勢を続ける。

「何があるんです? それもなんですと? 七月十二日ですか。八月の間違いじゃないのですか?」

「いいえ、七月十二日なのです。その日から三日間のあいだに、桜井さんに何かがあったはずなのです」

「そりゃねえ、何かがあったことは確かかもしれないが、心中事件とは関係ないでしょう。第一、そんなこと、知りたければ、自分で調べてみたらどうです？　警察が週刊誌か何か知らんが、レポーターさんのお先棒を担ぐわけにはいきませんからなあ」

「いや、これは週刊誌の仕事ではありませんよ、警察がすべき仕事なのです」

「警察の仕事？　冗談言ってもらっちゃ困りますなあ」

「冗談で言っているわけではありません。桜井さんの心中事件の裏には、必ず何かがあるはずだから言っているのです。このまま見過ごしてはいけません」

「いけません――て、あんたねえ、本官に命令でもしようっていうんですか？　いいかげんにしてくれませんか」

「いや、命令はしませんが、勧告をします。所轄である目黒署が、当然すべき努力を怠っているのを、一市民として黙っているわけにはいきません」

刑事課長は顔色を変えた。浅見の態度に不退転の決意を読み取った。そうなると厄介な相手である。なにしろ、バックには警察庁刑事局長の影がチラついている。（この野郎、兄貴の威光をカサに着やがって――）と思うが、口に出して言うほど馬鹿ではない。

「それほどまでに言うなら、やらないこともないですよ。たかだか、三日間の桜井さんの行動を調べるだけのことなのですから、大仕事というわけでもありませんしね。

しかし、それをやれば、ほんとうに何か収穫があるのでしょうね？」

「あります」

浅見は簡潔に断言した。刑事課長は渋い顔で浅見を眺めていたが、諦《あきら》めたように部下の部長刑事を呼んだ。どうやら、すぐに調べにやるつもりのようだ。

部長刑事が刑事を一人伴って、部屋を出て行ったあとも、浅見は帰る気配を見せずに腰を据えている。

「どうしました？　いま見たとおり、調査に行かせましたよ。もう用事はないでしょう」

刑事課長はデスクに向いたまま、言った。

「ええ、ありがとうございます。ついでに、結果が報告されるまで、ここで待たせていただきます」

「………」

刑事課長は振り返って何か言おうとして、結局、何も言わずに背中を見せた。

それから一時間半ばかりで、二人の刑事は戻ってきた。その気になりさえすれば、警察のやることは早いのだ。これが民間の調査機関だと、こう簡単にはいかない。第一、相手側の対応も異なるし、答えてくれるかどうかも分からない。

刑事課長は刑事の報告を、浅見が傍で聞いているのに文句を言わなかった。もともと浅見の発案でもあるし、それに、この強情な客には呆れ返って、ものを言う気力が失せているのかもしれない。

七月十二日から十四日にかけての桜井夕紀の行動表は、概略つぎのとおりであった。

七月十二日——午前七時上野発、午後一時大船渡《おおふなと》着、午後、ロケハンティング、大船渡グランドホテル泊

七月十三日——大船渡市郊外の長安寺《ちようあん》にてロケーション、大船渡グランドホテル泊

七月十四日——大船渡海岸にてロケーションの後、帰京

「べつに変わったことがあったとも思えませんがねえ」

刑事課長は表を眺めて、ぶぜんとして言った。たしかに、表を見たかぎりでは何か特別な出来事があった形跡はない。しかし、浅見の信念は揺らがなかった。この三日間のあいだに何かがあったのだ。そしてその「何か」が、あの「心中事件」に結びついた——。

「このロケーションというのは、たしか『義経と静』というドラマのロケでしたね？」

刑事に訊いた。

「はい、そうです。武上社長がそう言っておりました」

刑事は浅見の素性を知らないから、神妙に答えている。若くて、くだけた服装で、刑事課長の客——とくれば、本庁の刑事を想像してしまう。階級は巡査部長か警部補か、いずれにしてもうるさがたであることに変わりはない。

「あれはNテレビの番組でしたか」

「そうです。しかし、実際の制作は、ほとんど下請けの東洋放映という会社がやっているということでした」

さすがプロだ、抜け目なく調べている。

「どうもありがとうございました」

浅見は礼を言って、立ち上がった。

「浅見さん、それで、この決着はどういうことになるのです?」

刑事課長が慌てて声をかけた。

「これから先はぼくの方でやってみます。結果が出たら、お知らせに来ますよ」

「まさか、これっきりってことはないでしょうなあ」

「ご心配なく、必ず収穫を上げてきます」

浅見は自信満々、刑事課長に大見得《おおみえ》を切った。

東洋放映は世田谷の砧《きぬた》というところにある古いプロダクションだ。衰退する映画に逸早く見切りをつけて、テレビ時代に対応するドラマづくりへと転進して、この業界では老舗《しにせ》となった。

「しかし、最近はどのテレビ局もバラエティやクイズ番組に食われて、ドラマが低調でしてねぇ」

『義経と静』の制作を担当している、黒木《くろき》というプロデューサーは、そうこぼした。

そのせいかどうか、東洋放映の建物はどれも古く、スタジオはともかく、事務所はまるで建築現場の飯場のようだ。その二階に制作ルームというのがあって、あまり効きのよくないクーラーがフル稼動していた。

「近ごろのテレビ番組を見てくださいよ、どこのチャンネルをひねっても、似たようなクイズ番組とトークショウみたいなやつばっかしでしょう。たまにドラマがあるかと思うと、エロと暴力ばっかし。昔はほら、『向う三軒両隣り』とか、『パパは何でも知っている』とか、『ただいま11人』とか、いいホームドラマがふんだんにあったでしょう……と言っても、あなたの年代じゃ知らないか」

「いいえ、知ってますよ。もちろん子供でしたが、そのころはよくテレビを見ましたから」

「そう、そうなんですよねえ。いまのテレビには、親が安心して子供に見せられるドラマなんてありゃしない。なにしろ、深夜にガキ向けのヌードショウまがいのことをやってる御時世だから、いやになりますよ。しかしね、今度の『義経と静』は、ひさびさに期待していい大型時代劇でした。ストーリーはまあ、割とポピュラーな歴史物語だし、キャスティングもよかった。桜井夕紀のようなアイドルタレントを、主役クラスに登用して、若い視聴者にもアピールする一方で、シリアスな演技力のある重厚な脇役陣を配しましてね、十月からの新番組の中では白眉《はくび》といわれていたのです。ところがねえ、夕紀の事件で出鼻を挫《くじ》かれてしまって、急遽《きゅうきょ》、静御前役をいま売出しの園原美紀子《そのはらみきこ》にスイッチしたけど、正直、先行き不安なことですよ」

プロデューサーの黒木は、情けない顔をした。

「桜井夕紀さんもこのドラマには意欲的だったと聞いていますが」

浅見は言った。

「そう、たしかにね、張り切っていたな。しかし、彼女にはまだ荷が重すぎたのかもしれませんね。撮影が進むにつれて、なんだか急にしぼんじまったみたいでねえ」

「しぼんだ……」

「元気がなくなったのですよ。演技にも張りが見られなくなったし、あれはひょっとすると、ノイローゼじゃなかったかって、あの事件のあと、思いましたよ」

「桜井さんがそんな風になったのは、もしかすると、大船渡へロケに行ったころからじゃありませんか?」

「ん?……」

黒木プロデューサーは驚いて、浅見の顔を見つめた。

「そう、そうなんですよ。あんた、よく分かりますね。たしかにね、大船渡のロケの時に、あれは初日のロケハンを含めて三日にわたってやったのだが、撮影の第一日目はよかったのに、二日目になると、まるで生気を失って。まあ、たまたまあの時のストーリーが、静御前が義経と別れて悲嘆にくれるところだったから、かえって感じが出たっていうこともあったけど、それからっていうものは、東京へ戻ってきても、冴《さ》えなかったなあ」

「第一日目のロケの時に、何かいやなことがあったのではありませんか? たとえば、監督さんに叱られるとか」

「いやあ、とんでもない、監督は上機嫌でしたよ。沢井《さわい》監督っていって、いつもうるさい先生なんですがね、NGも思ったほど出なかったし、お蔭《かげ》で二時間も早く予定の分を撮り上げたくらいですからね」

「その撮影が終わったあと、桜井さんはどうしたのでしょう?」

「さあ、早く上がった時は、スタッフは大抵、宿へ引き上げてマージャンですがね、彼女はどうしたのかな? ああそうそう、どこかへドライブにでも出掛けたんじゃないかな? 夕紀は免許を取ったばかりで、やたら車に乗りたがっていましたからね。

その日は武上社長が車で来ていて、休みの時になると、社長の車をいじっていたみたいですよ」

「ドライブ、ですか……」

瞬間、得体の知れぬ不吉な予感のようなものが、胸の辺りを吹き抜けるのを感じた。

（これは何だ？——）

浅見はその不吉なものの正体を見極めようと、頭の中の闇を見つめた。

浅見光彦には、天性備わった不思議な感覚がある。それをある種の予知能力と言っては、かえって信憑《しんぴよう》性を疑われるかもしれない。しかし、誰にもその人固有の特別な感覚があって、他人が気付かないことにこだわりを感じたり、それほどでもない出来事に衝撃が大きかったりするようなことはあるものなのだ。たとえば、人一倍の怖がりだったり、人一倍の恥ずかしがり屋だったり、そのほか、潔癖すぎる人、内気な人、泣き虫、陽気すぎる人——といった、時には異端者めいた目で世間から見られるような人は、おしなべて、そういう「才能」に恵まれた、感性ゆたかな「人種」なのである。ところが、なぜか、そういう鋭敏な感性の持ち主たちは、まるでエイリアンででもあるかのように、人に敬遠されがちだ。子供なら、さしずめ「いじめられっ子」である。そうして、しだいに、その折角の才能を自ら忌み、包み隠すようになり、いつしか失ってしまうことが多い。

——桜井夕紀は七月十三日にドライブに出掛けた。

だからといって、それ自体はべつに取り立てるほどのことでもない出来事である。そう言ってしまえば、何の変哲も生じない。だが、浅見はそのことを聞いた瞬間に何かを感得した。

「どうかしましたか？」

あまり長いこと黙りこくっているので、黒木プロデューサーは浅見に声をかけた。

「あ、失礼。ところで、いまのドライブのことですが、どっちの方へ行ったのか分かりませんか？」

「さあ、分かりませんねえ。もしなんなら、ほかのやつに訊いてみたらどうです？」

「あ、では黒木さんのほかに、桜井さんがドライブに出掛けたことを知っている人がいるのですか」

「それはいますよ。いや、むしろ私なんかより、若い連中の方がよく知ってます。なんたって、連中は夕紀と歳が近いですからね、われわれオジンと違って、関心もあったでしょう。私がドライブの一件を聞いたのも、ウチの若いやつからですよ。そうだ、その辺にいるんじゃないかな……」

黒木は事務の女性に、「トモちゃんを呼んできてくれないか」と命じた。待つ間もなく、「トモちゃん」は威勢よく、木造の階段を駆け上がってきた。死んだ藤田マネージャーと同じ世代の、かっこいい若者だ。

「ああ、知ってますよ、夕紀が武上さんの車で遠野《とおの》までドライブするって言って、はしゃいでました」

「遠野ですか」

「ええ、遠野まで、山を越えて行くと割と近かったんですよね。撮影が早く終わったし、晩飯までには帰ってこられるとか言ってました」

「桜井さんが運転したのですか？」

浅見は訊いた。

「いや、運転は藤田とかいう、例の心中したおッキの人でしたよ。夕紀は助手席で、武上社長が後ろに乗っていました」

「それで、夕食までに帰ってきましたか？」

「どうですかねえ、ぼくは宿が違うから。黒木さん、ご存じじゃないですか？」

トモちゃんは黒木に言った。

「ああ、そういえば、夕食には間に合わなかったみたいだな。それとも、どこかで武上さんと済ませてきたのかな？　こっちは飯を食うとすぐマージャンに戻っちまったもんだから。とにかく、その晩は夕紀には会っていませんよ」

「どなたか、桜井さんが帰ってきたところを見た人はいないでしょうか？」

「そうですねえ……」

黒木は考え込んだが、思い当たらない。横からトモちゃんが言った。

「それだったら、ホテルの人間が見ているんじゃないですか？」

「ばか、そんなのはあたりまえじゃないか」

黒木は笑ったが、浅見はトモちゃんの意見に飛びついた。

――大船渡グランドホテル

それが桜井夕紀をはじめ、主だったタレントとスタッフが泊まった宿であった。

2

岩手県大船渡市――というと、東京の人間には相当な遠隔地のイメージがあるけれど、実際にはそれほどのことはない。東京を朝発てば、昼ごろには大船渡に着くことができるのだ。東北新幹線を一ノ関《いちのせき》で乗り換える大船渡線も二時間ちょっとの快適な旅であった。

大船渡は気仙《けせん》地方の中核都市で、陸中海岸の中でももっとも風光明媚《ふうこうめいび》といわれる大船渡湾の最奥部に位置する。

最近では、第三セクター方式で脚光を浴びた「三陸鉄道」の起点であることと、突然変異のように甲子園で暴れまくった「大船渡高校」で、一躍、全国的に有名になった。そのせいか、もともと漁港の町で威勢のいいことの好きな市民の顔が、底抜けに明るい。

大船渡の観光の第一の目玉は、豊富な海産物の旨《うま》いことを別にすれば、なんといっても碁石《ごいし》海岸ということになる。広い松林の向うがストンと落ち込む断崖《だんがい》で、上から覗《のぞ》き込むと目が眩《くら》む。断崖に太平洋の波が打ち寄せて、ドーンドーンと巨大な飛沫《しぶき》を上げる風景は勇壮そのものだ。

第二の目玉は長安寺か、五葉《ごよう》山か。とにかく、古い鎌倉のイメージによく似た風景が、そこかしこに残っている。それが『義経と静』のロケ地に大船渡が選ばれた理由だし、意外なほど近い時間距離も、予算の乏しいロケ隊には願ってもない場所だったことだろう。

浅見光彦は九月八日に大船渡駅に降り立った。快晴、微風。真っ青な空に、もう鰯《いわし》雲《ぐも》が流れていた。

『義経と静』のロケ隊が泊まった大船渡グランドホテルは、規模・設備とも大船渡最大級の都市型ホテルである。もちろん料金の方も高級だろうから、「トモちゃん」たち、一般のスタッフが別に宿をとったというのも、納得できる。

チェックインの際に、浅見は桜井夕紀のことを訊《き》いてみた。『義経と静』のロケのことは、むろんみんなが憶《おぼ》えていた。夕紀があゝいう死に方をしたのが、ホテルの人間にとっては残念でならなかっただろう。そのせいか、浅見が夕紀の名前を持ち出すと、三人いたフロントマンは、一様に暗い顔を俯《うつむ》けた。

「撮影の初日、つまり、二泊目の晩ですが、桜井夕紀さんは、食事の時間よりずっと遅れて帰ってきたはずですが、その時のことを憶えている人はいませんか」

浅見が言うと、二人が頷《うなず》いた。

「憶えております」

少し年長の方が答えた。

「それは何時ごろでしたか？」

「たしか、十一時近かったと思いますが」

「その時の様子ですがね、どんな感じでしたか？　たとえば、元気がよかったとか、疲れた感じだったとか……」

「そうですね、どちらかというと、疲れた感じでした。……いや、はっきりお疲れになっていたと言ってもいいと思います」

「どうしてそう思いました？」

「それは……、その、男の方に縋《すが》るようにして入ってこられたもんで……。それに、昼間は私どもにも明るい声で『ご苦労さま』っておっしゃっていたのに、その時はこちらが『お帰りなさいませ』と言っても、知らん顔をなさっていましたから」

「その時一緒だったのは、年輩の男性でしたか？」

「はあ、年輩の方に縋っておいでで、もう一人、若い男の方もご一緒でした」

すると、武上と藤田がずっと一緒だったというわけだ。

「翌朝はどうでした？　ロケ隊が出発する時も同じような様子でしたか？」

「いいえ、前の夜ほどのことはありませんでした。あまりお元気ではなかったですが、ご病気とか、そういう感じではなかったと思います」

部屋に荷物を置いて、浅見はタクシーで長安寺へ行った。長安寺は大船渡湾に注ぐ盛《さかり》川沿いに、十分ばかり行ったところにある古刹《こさつ》で、資料によると、建立は十二世紀ごろとされる。

タクシーを待たせて境内に入ると、名物の大山門が聳《そび》えている。江戸期寛政年間に竣工《しゅんこう》した高さ十八メートルという巨大な山門は、目を瞠《みは》るものがあった。この山門は総ケヤキづくりで、当時、ケヤキ材は禁制とされていたものを使ったために、藩主の忌諱《きき》に触れ、楼門を建てたところで、それ以後の造作を許可されず、袖《そで》なし、開きなしという中途半端な姿のままになったという。そのために、重量感のある楼閣を、土台柱だけで支えているような頭デッカチの建物で、それがかえって、見る者を圧倒するのだ。

本堂前に建つ太鼓堂は室町期の様式をそのまま残している。そのほかの建物はもちろんだが、周囲に鬱蒼《うっそう》と繁る樹林など、時代劇のロケーションにはうってつけの背景であった。

七月十三日、この場所で、静御前の扮装《ふんそう》をこらした桜井夕紀が、精一杯の演技に励んでいたのだ。それからわずかひと月半後に、悲劇が訪れることなど、彼女の脳裏にはこれっぽっちもなかったにちがいない。

いや、それどころか、その日のうちに、夕紀の身には何かが起こっていた気配がある。陽気さが一つの売り物であった夕紀が、その日を境に「翳《かげ》のある娘」に変貌《へんぼう》したのだ。陽から陰へ——、まさに静御前の栄枯盛衰を地でゆくような転変が、彼女を襲ったのではないだろうか。

その日のうち——という発想から、浅見はもう一つの悲劇を連想した。七月十五日、横浜の室内プールで、子供たちに囲まれて、幸福そのもののように見えた小林朝美も、また、その日のうちに、父親の死という悲劇を迎えていたのだった。

（あれから彼女はどうしているだろう——）

浅見は自分の姓と同じ音の名を持つ、美しい女教師の身の上を思った。父親の貼った千社札を追って天城峠へ向かった、朝美の寂しい後ろ姿が目に浮かぶ。

（千社札か——）

浅見は佇《たたず》んで、長安寺の堂塔伽藍《がらん》を見回した。そんな風に眺めたかぎりでは、そのどこにも、千社札は見当たらない。おそらくこの寺では千社札を貼ることを禁止しているのだろう。もし千社詣《もう》での信者がこの寺を訪ねたならば、空しく引き返すほかはないということか——。

浅見はいままでまったく無関心だった千社詣での人に、いくばくかの同情を覚えた。いっそ、彼等のために、千社札を貼るボードのようなものを備えたらどんなものだろう、と思ったりもした。

夏休みが終わったばかりで、観光シーズンとしては端境期《はざかい》ということなのだろうか。境内には人の姿も疎《まば》らで、日盛りにもかかわらず、少しもの寂しいほどだ。

浅見は本堂の前に立って賽銭《さいせん》を投げ、掌を合わせて祈った。あまり宗教には縁のない男だが、桜井夕紀のために祈りたいと、その時は思い、素直に頭を下げた。

隣に、浅見よりあとから来た老人が立って、こちらの方は深い祈りを捧《ささ》げている。この近くの人間ではないらしいが、さりとて、観光目的の客という服装ではなかった。粗末なズボンに長袖のワイシャツをノーネクタイで着て、ズックの運動靴を履いている。背中にはよれよれのリュックサックを背負い、登山帽をくしゃくしゃにしてズボンのポケットに突っ込み、長いこと掌を合わせていた。

浅見は老人の姿に、見たこともない小林朝美の父親のイメージをダブらせ、老人が何を祈っているのか、興味を覚えた。

　山門を出る手前に銀杏《いちょう》の大樹が聳え立っている。樹齢は何百年か、とにかく太く高い。

　ふと、浅見は銀杏の幹に千社札が貼ってあるのを発見した。老人の皺《しわ》のように深く刻まれた幹の襞《ひだ》の中に、しっかりと貼りつけてある。千社詣での窮余の一策だと思うと、微笑ましい。風景の中で、その小さな一点だけが、人間の意志を主張しているような、奇妙な迫力があった。そしてまた、それほどにその千社札はよく目立った。ことによると、寺の人々も、それを貼った人物の執念に敬意を払って、あえて取り除くことをしなかったのではないかとさえ思われた。

　浅見は微笑ましい気分で近づいて、千社札に記された文字を読んだ。そして、次の瞬間、全身が硬直して動けなくなった。

　千社札には、なんと『下司《げす》』と印刷されていたのである。

『下司』はあの小林朝美の父親・章夫の千社札だ。その千社札がなぜこんなところにあるのだろう？――

　浅見は何か、自分が異次元の世界にいるような錯覚に陥った。

　朝美の父の千社詣では一年に一度だけ、お盆の数日間に行われると聞いた。いま目の前にある千社札は、たしかに風雨に晒《さら》された様子はあるけれど、まだ新しく、とても一年前に貼られたものとは考えられない。

（これは、何だ？――）

浅見は混乱した。誰かがここに、小林章夫の千社札を貼りにきたのだろうか？　それとも、『下司』という千社札を使う人物がほかにも存在するのだろうか？

（そんなばかな――）

どちらもあり得ない、と浅見は否定した。他人の千社札を貼って歩く者がいるとは考えられない。また、それにも増して、『下司』などという千社札を使う者がそうそういるはずがない。

そもそも、小林章夫はなぜ『下司』などという奇妙な千社札を作ったのだろう？

それに、千社詣での目的は何だったのだろう？

浅見は肝心な桜井夕紀の事件のことを忘れて、しばらくのあいだ、小林章夫の事件に心を奪われていた。それからとつぜん、あることを思いついて、参道をタクシーに向かって一散に走りだした。

大船渡の街に戻って、まず浅見は小林朝美の家に電話を入れた。電話口には朝美の母親が出た。「浅見ですが」と言いかけると、「朝美はまだ学校の方でございます」と、勘違いして言っている。出鼻を挫《くじ》かれた感じで、浅見はあとで改めて電話することにした。

それから街の書店で、大船渡から長安寺の方角へ向かう道路沿いの地図を求めた。そうして、いつか小林朝美がやっていたように、神社とお寺に赤い丸印をつけてみた。マーキングをしてすぐに気付いたのは、神社と寺の数が、三島から修善寺にかけての地図とは比べ物にならないほど少ないことだ。

「⛩」「卍」のマークは大船渡の市街地でもせいぜい十個所ばかり。市街を出はずれると、あとは街道沿いの大きな集落ごとに一つあるかないかといったところだ。

大船渡市街地の北端、盛地区付近には比較的大きな社寺が三軒ある。天照御祖神社《あまてらすみおや》、浄願寺《じようがん》、洞雲寺《どううん》。

浅見はふたたびタクシーを頼んで、まずそれらの社寺に参ってみた。そして、克明に建物を調べた結果、そのうちの二つの寺で『下司』の千社札を発見した。いずれも回廊の床下の柱の目立たない場所に、こっそり隠すように貼ってある。最初に行った神社でも、さらに詳しく調べれば見つかったのかもしれないが、あるいは管理者に剝《は》がされたか、雨風で剝がれたとも考えられる。

(小林章夫はこの地に来たのだ――)

浅見はほとんど感動といっていい興奮を覚えた。

さらに、念のために付近にある小さい社《やしろ》を三軒、タクシーに回ってもらったが、その二個所で千社札は見つかった。長安寺を含めると、七軒のうちの五軒で発見されたことになる。いつ貼ったかはともかく、少なくとも伊豆よりは長い時間が経過していることはまちがいない。剝がれたり剝がされたりする危険性も大きかったはずだ。その条件を加味すれば、小林朝美が伊豆で回ったケースよりは、今回の発見の方が、はるかに確率が高いわけだ。

小林章夫の「もう一つの旅」が大船渡から西へ向かうコースにあった——。

（小林はいつ、この地を歩いたのか？——）

浅見はタクシーの運転手に長安寺へ行くよう指示した。長安寺から先に、はたして小林の足跡があるかどうか——、あたかも芭蕉《ばしよう》の『奥の細道』を辿《たど》るようなミステリアスな気分になっていた。

大船渡から長安寺へ行く道は、国道一〇七号線（通称盛街道）である。この道を延長してゆくと、隣の住田町《すみたちよう》を抜け、やがて北上市へ達する。住田町から枝分かれする国道三四〇号線は遠野への近道になる。桜井夕紀が武上と藤田と一緒に「遠野へドライブ」に行った山越えの道とはこの道のことらしい。

二万五千分の一の地図名でいうと「大船渡」「盛」「世田米《せたまい》」「陸前八日町」「遠野」の順で辿る。

国鉄大船渡線の終点は「大船渡」駅ではなく、大船渡市街地の北端にある「盛」駅。そこから長安寺へ行くには、バスとタクシーのほかに私鉄の岩手開発鉄道というのがある。岩手開発鉄道はもともとは、大船渡の北西にある石灰岩を採掘、運搬するために作られた産業鉄道で、大船渡線盛駅と岩手石橋の間を結ぶ九・五キロの「日頃市《ひころいち》線」と、盛駅と赤崎駅間の二キロを結ぶ赤崎線が運行している。一日の旅客輸送は五往復であるのに対して、石灰岩は一万トン以上も運ぶのだそうだ。バスのようなディーゼルカーが、のんびり走っているのが見えた。

日頃市線の盛を出て二つ目が長安寺の最寄り駅で、名前も「長安寺」という駅だ。盛からの距離は二キロ半。歩いてもたかが知れている。

盛付近から長安寺までの間には、社寺のマークは存在しない。小林はこの間をどうやって辿ったのだろう？　交通機関を利用したのだろうか。それとも、トボトボと歩いて行ったのか──。

タクシーを降りて、あらためて長安寺の大山門と対峙《たいじ》すると、浅見は、おそらく、ここにこうして立ったであろう、小林章夫の心境が偲《しの》ばれるような気がしてくる。千社札に『下司』という、われとわが身を蔑《さげす》んだ名前をあえてつけたのは、小林に、何か人知れず悔恨する過去があったからにちがいない。千社札を貼ることによって、小林はその罪障の消滅を祈ったのだろう。

その小林の罪がどのようなものであったかは知らない。ともかく、浅見の目の前にあるのは、小林が千社詣での途中で、あえない最期を遂げたという事実だけだ。

待たせたタクシーに乗って、浅見はさらに道を進めた。長安寺から約二キロで日頃市町という集落に着く。岩手開発鉄道ではひと駅だ。ここに二つの神社がある。長安寺からここまでの間は、左右が険しい山肌で、谷間のようなわずかの平地に、人家が疎《まば》らにあるばかりだ。

日頃市駅のすぐ近くに日枝《ひえ》神社があり、そこにも『下司』の千社札が見つかった。ここでも千社札はひっそりと社殿の床下の柱に顔を隠すように、貼られていた。さらに七百メートルばかり進んだところにある、小さな社の鳥居の根元にもあった。

こうしてみると、伊豆の場合と違って、小林は参った社寺には必ず、なんらかの形で千社札を貼ったものらしい。いくら千社札を嫌う社寺でも、こんな場所に貼るのでは、そう文句も言えないのではないだろうか。もちろん、場所が場所だけに、すぐに剝がれてしまうことも多いだろう。しかし、それはそれとして、小林の気持ちの中では得心がいったのかもしれない。

浅見は、小林がこのコースを辿って、千社詣での旅を続けたことを確信して、理由もはっきりしないまま、不思議に気持ちが昂《たかぶ》るのを覚えた。

タクシーの運転手も、浅見が何かしら、謎解きのようなことをやっているらしいことに気付いて、興味を示しはじめた。

「お客さん、まだ行きますか？」

地図を覗《のぞ》き込んで、訊《き》いた。行かれると困るというのではなく、この先どうするつもりなのか、興味津々といった顔だ。

「そうですね……」

浅見は腕時計を見た。午後四時二十分。

地図を見ると、あとわずかで道路は白石トンネルというのを潜る。そこが隣町との境で、トンネルを抜けると住田町だ。

地図で見ると、住田町の中心、世田米の集落には社寺が十ばかり密集している。千社詣でにはうってつけの土地といえそうだ。とはいえ、いまいる場所からそこまでは十キロ近い道程であった。小林がはたして、第一日目にそこまで行ったものかどうか、浅見には分からなかった。岩手開発鉄道が国道沿いに走るのは日頃市駅までで終わりである。バスを利用すればなんでもないが、トンネルとはいえ、峠まで勾配《こうばい》のある道を徒歩で行くとなると、かなりきつい。しかも、大船渡から住田町までの距離は十数キロにおよぶ。浅見と同じ時刻に大船渡に到着したとしても、トンネルを越える頃には、たぶん日が暮れただろう。

しかし、どこかに宿を借りるにしては、まだ早すぎる時間だ。行き暮れるところまで、小林章夫は歩いて行ったにちがいない。たぶんそうしただろう。

会ったこともない小林の、その時の心理状態が、なぜか浅見には、ありありと読み取れるような気がした。

「この道を歩いて行く人はいますか？」

浅見は運転手に訊いた。

「歩いて、どこまで行く、ですか？」

「つまり、トンネルを越えて、ずっと」

「そんたら人はおらねえですよ、いまどき。そりゃ、昔は誰だってテクテク歩いたもんだけど、いまはねえ。車だって、あと少しして暗くなれば、ろくすっぽ通らねえようになるすもんね」

（それでも歩いたのだ、彼は――）

浅見はそう信じた。

歩いて、トンネルを抜けて、住田町のどこかの寺か神社の軒下を借りて、一夜を明かしたにちがいない――。

まるで小林の霊が乗り移ったように、浅見には小林のひたむきな贖罪《しょくざい》の旅の想いが理解できた。

「トンネルの向うの町まで行ってみましょう」

「ＯＫ」

運転手は威勢よく応じて車を出した。

石灰岩の切り出し場へ行く鉄道線路に沿っていた道が、左へカーブを切ると同時に急坂になった。まだ陽は高いはずなのに、天空が両側の山並に狭められ、もの寂しい雰囲気である。

白石トンネルは全長約八百メートル。このトンネルができるまでは、少し南の山腹に明治十八年にトンネルを掘り、道を通したが、いまはトンネルごと廃道になってしまった。それ以前はというと、さらに大変で、白石峠越えは、この街道最大の難所だったそうだ。

運転手のそういう話を聞きながら、浅見はその状況が、伊豆の天城峠とそっくりなことを思っていた。違うのは、天城の場合は旧トンネルも旧街道もまだ生きているという点だ。そして、七月十五日、その天城旧街道で小林章夫は死んだ——。

（どういうことだろう？——）

状況がはっきりしてくるにつれて、かえって浅見の頭は混乱しかけていた。七月十三日に家を出た小林が、十五日に天城で死んだのは分かる。そうすると、大船渡に小林が来たのは、いったいいつのことだったのか？

「お客さん、住田町の世田米です」

運転手の声に気がつくと、車はかなり大きな集落の真中を通過しつつあった。いや、集落というより、明らかに街だ。気仙《けせん》郡住田町は人口約九千、そのうちの約五千人がこの世田米の集落に集中している。気仙川が蛇行して作った西側の平地に田畑が広がり、川を挟んだ反対側を通る国道沿いに人家が軒を連ねる。町役場をはじめ、さまざまな建物が密集していて、なかなかの活気だ。

地図で見ると、街の山側に、国道と並行して七つか八つの社寺が点在している。車が市街地を出はずれたところに満蔵寺《まんぞう》という立札が見えた。

「ちょっと停めてください」

浅見はまずそこから、千社札探しにとりかかることにした。

参道入口の解説によると、満蔵寺は天正十年の開基だそうだ。石段を登ったところから細長く境内が広がっている。長安寺のものほどではないが、大小の山門が三つ、直線的に並び、宏壮な感じがする。この辺りの山はいたるところ良質の杉山だから、こういう木造建築は昔からお手のものだったのかもしれない。

浅見はこれまでの経験から、小林がどういう場所に千社札を貼ったか、その癖を飲み込んでいた。山門の礎石の辺りや、堂宇の床下、階段の脇、といった目立たない場所に注意して歩いた。だが、小林章夫の『下司』の千社札は見当たらなかった。建物のあと、参道の立木にまで注意を払ったが、ない。この寺は管理が行き届いているので、せっかく貼った千社札が剝《は》がされてしまったのだろうか。

浅見が諦《あきら》めて車に戻ると、運転手が「だめだったみたいですね」と言った。浅見の目的が何なのかも知らずに、顔色で収穫がなかったことを感じ取っている。

「このもうすこし先まで行ってみよう」

浅見はドアの中に潜り込んで、言った。

「お客さん、何を探しているですか？」

車を出しながら、運転手は訊いた。

「千社札をね……」

「千社札？　へえー、お客さんみたいなかっこいい人が、ああいうものに趣味があるのですか？」

「いや、まあ、そうですね」

浅見は曖昧《あいまい》に答えた。それ以上の説明はしようがない。

すぐ隣に浄福寺《じょうふく》という寺がある。道路から銀杏《いちょう》並木で百メートルばかりの参道が続き、そこから先に、老松やモミの大木に囲まれた境内が広がる。ここも古く大きな寺だ。こんな山間の小さな町に、どうしてこんなに沢山の寺ができたのか、そのいわれを調べるのも面白いだろうな、と浅見は思った。

だが、残念ながらここにも千社札はなかった。大船渡の場合と較べると、「打率」はまったく悪い。

「お客さん、住田町のお寺さんなら、光勝寺《こうしょう》というのが、割と有名みたいですが」

運転手が気の毒そうに教えてくれた。「なんでも、古い仏像があって、県の文化財に指定されているとか聞きました」

だからといって、千社札がある保証にはならないと思ったが、浅見はともかくそこへ行くことにした。車はUターンして、街の反対側を出はずれる辺りで停まった。

光勝寺は前の二寺よりもずっと古く、十二世紀頃、この付近で金の採掘に従事した坑夫、三千人のために建立されたという。建物は何度か変わったが、中の阿弥陀如来《あみだにょらい》像は開基当時のもので、それが岩手県の指定文化財になっている。

しかし堂宇の規模は小さく、千社札を探す手間はあまりかからなかった。そして収穫はまたもなし。

疲労感がどっと襲ってきた。空も夕景に変わりつつある。それでもなお、浅見は重い足を引きずるようにして、もう一つの寺と神社を調べた。

しかし、そのどこにも『下司』の千社札はなかった。

（こんなはずはないが——）

浅見は肩透かしを食ったような気分だった。まれには貼れなかったケースもあるだろうし、風雨に剝がれてしまったことを考えに入れたとしても、五個所を回って五個所ともないというのはおかしい。

小林章夫はここでは社寺巡りをやらなかったのだろうか？　というより、要するに小林はこの町には来なかったのだ――。

浅見はそう思わざるを得なかった。さっきのトンネルの向うまで来たものの、そこから引き返して伊豆へ行ったのかもしれない。それならば、三島から修善寺にかけての社寺に千社札が貼ってあったことの説明がつく。

そうだ、そうにちがいない。小林はここの旅をトンネルの向うまでで切り上げて、急遽《きゅうきょ》、伊豆へ向かったのだ。

（だが、なぜそうしたのだろう？――）

浅見は答えのない難問を解くように、ぼんやりと考え込んだ。

すでに日は山の稜線に沈んで、辺りは夕闇が立ち込めていた。汗に塗《まみ》れた膚《はだ》に、夕風が心地よい。

ひぐらしの鳴く声がかまびすしい、小高い丘の中腹にある寺の境内に佇んで、遠く近くに灯がともりはじめるのを眺めながら、浅見はふいに、いいしれぬ旅愁に襲われた。

その時、目の前の参道の石段を、老人が登ってきた。

（あっ――）と浅見は思った。長安寺で見たあの老人であった。この寺は住田町の入口に近い。老人の疲れた様子から察すると、たったいま、この町に到着したといった感じだった。

老人は浅見を目の端でとらえて、目礼をしながら、通りすぎて、本堂の前へ行った。長い祈りを終えて、老人は本堂の階段に腰を下ろした。腰の手拭《てぬぐい》で首筋の汗を拭い、リュックサックから水筒を取り出して、旨《うま》そうに水を飲んだ。

浅見は近づいて、控え目に声をかけた。

「さっき、長安寺でお会いしましたね」

「は？……」

老人はゆっくりした動作で視線を向けた。

「そうでしたか、気がつきませんでしたが」

言葉に訛《なま》りはない。やはり土地の人間ではなく、東京近辺からの旅人らしい。

「ちょっと、お邪魔してもよろしいでしょうか？」

「ああ、どうぞ……、と言っても、私の家でもありませんがね」

老人は笑いながら、階段の上の尻《しり》を、少し脇にずらした。

「失礼ですが、長安寺からずっと歩いて来られたのですか？」

「え？　いや、そのつもりだったが、トンネルの所でトラックに拾ってもらいました」

「大変だったでしょう？」

「いや、なに、慣れてしまえばそれほどでもありません」

「お坊さんではないと思いますが、修行をなさっていらっしゃるのですか？」

「あははは、この歳で修行もありません。冥土《めいど》への道をひたすら歩くのみ、ですかな」

「はあ……」

はぐらかされて、浅見は黙った。

空の色がぐんぐん墨色に染まってゆく。

「私の知人に、やはりご老人のように社寺巡りをしておられた方がいます」

「ほう、さようですか」

「年に一度、お盆の前後に旅をして、やはり歩いて社寺を回り、千社札を納めていたのですが、この七月に事故で亡くなりました」

「そうですか……、それはお気の毒に」

「どういうわけか、その方のご家族は誰も、千社詣《もう》での理由を知らないのです。訊いても教えてくれなかったのだそうです。失礼ですが、ご老人はいかがでしょうか？」

「まったくご同様ですな。人様に言えるような目的ならば、巡礼の旅など、無用でしょうからね」

さり気なく言っている。

浅見は夕闇の中にほのかに見える老人の横顔に見入った。どれほどの屈託がこの老人の胸の中にあるのか、微笑すら湛《たた》えたその顔からは、推し測ることもできそうになかった。

「お泊まりはどちらですか？」

「今夜は天気もよし、お寺さんの庇《ひさし》をお借りします」

「お体によくないのではありませんか？」

「なんの、これもまた慣れですね。それに、仏さんの傍で死ねば、そのまま成仏できそうじゃないですか」

陽気に笑っている。

3

その夜、浅見はホテルから小林朝美に電話した。また母親が出て「浅見」と「朝美」を勘違いしたが、今度は朝美も在宅していて、すぐに代わった。

「あら、浅見さんですか、あの時はどうも失礼しました」

朝美は元気な声を発した。父親の死のショックからは、どうやら立ち直ったらしい。

「いま、ある事件のことで大船渡に来ているのです」

「大船渡というと、岩手県の、ですか？」

「そうです。それでですね、ちょっと奇妙な発見をしたものですから、あなたにお知らせしようと思いまして」

「はあ、どんなことでしょう？」

「じつは、小林さんのお父さんの千社札が、ここの神社やお寺で見つかったのです」

「そうですか、じゃあ、父はそちらの方へもお参りに行ってたのですね」

朝美があまりにも平然としているので、浅見は拍子抜けしたが、すぐにその理由に気がついた。

「あ、あなたはもしかすると勘違いしておられるかもしれないな。じつは、その千社札というのはですね、つい最近、ここ何ヵ月ぐらいかの間に貼られたものなのですよ」

「？……」

「もしもし、聞いてますか？」

「ええ、聞いてます。でも、それ、どういう意味なのでしょうか？」

「つまりですね、お父さんは伊豆へいらっしゃる前に、大船渡においでになったのじゃないかと思うのです。というのはですね、お父さんは大船渡近辺の、ごく近いところだけをお参りして、引き上げてしまわれたようなのです」

「ああ、それでそのあと、父は伊豆に行ったとおっしゃるのですね？」

「そういうことです」

「でも、なんだってそんなことをしたのかしら？　その近くに、ほかにお寺なんかがないのですか？」

「いや、それがですね。むしろもう少し足を延ばした、住田町というところの方が、お寺や神社の数が多いくらいなのです。それで、不思議なことをなさったものだと思って、そのことをお聞きしたかったのですが……。そうですか、そうするとあなたにも理由が分からないのですね？」

「ええ、分かりません。……というより、ずいぶん変ですわね。なぜ一個所で回らなかったのかしら？」

二人とも、電話の向うとこっちで、黙りこくった。

「もしもし」と浅見の方が先に心配になって、声を送った。

「一つだけ確認しておきたいのですが、あなたが三島から湯ケ島まで辿《たど》って、お父さんの千社札を見つけた時、神社やお寺の床下なんかも探されましたか？」

「いいえ、上の方——つまり、柱とか、軒下とか、そういうところです」

「あ、それでとびとびにしか見当たらなかったのかもしれませんね。こちらでは、お父さんは、土台の脇とか、銀杏の幹とか、ごく目立たない場所に貼っておられるのですよ。その代わり、おそらく、お参りしたところには一個所残らず、几帳面《きちようめん》に千社札を貼られたようです」

「それじゃ、伊豆の方もそういう場所を注意して見れば見つかったのでしょうか？」

「だと思います」

「……」

朝美はしばらく黙った。自分の怠慢を反省し責めているのだろうか？——と、浅見は少し気になった。

「でも、そうすると、父は大船渡で貼った分の残りの千社札を全部、伊豆で貼ったことになるのでしょうか？　それは時間的に言って無理なように思えますけど」

朝美は言った。

「そのへんのことは、実際に見ていないぼくには分かりにくいのですが、三島付近はかなり社寺が密集しているようでしたし、可能なのじゃありませんか？　大船渡を十三日の夕方出発して、十四日の朝には三島に着くでしょう。そして、十五日の昼ごろまでに……」

「いえ、それは無理だと思います」

朝美は断言した。浅見のように想像ではなく、実際に現地を足で動き回った彼女の言うことを聞いて、浅見も到底、不可能なような気がしてきた。

「変ですねえ……」

浅見は少し間の抜けた声で、言った。

「ええ……」

朝美も口数が少ない。

「お父さんは、七月十三日以前に、どこかへ旅行された形跡はありませんか？」

「いいえ、今年になってからは、あの時はじめて、家を留守にしたのです」

「そうですか……、だとすると、ここの千社札はほかの人のものかもしれませんね」

「まさか……」

朝美は言下に否定した。

「あんな変な千社札を作る人が、父以外にいるはずはありませんわ。あれはまちがいなく父の千社札です。それに……」

言いかけて、口ごもった。

「どうしました？」

「あの変な千社札の意味が分かったのです。父がなぜあんなものを作ったのか。ですから、あれは父のものにまちがいありません」

「そうなのですか。それで、どういう謂《いわ》れがあったのですか？」

「それは、ちょっと……」

朝美は言い淀《よど》んでいる。

「電話では具合が悪いようなことなのですね？」

「ええ、まあ……」

「分かりました。それではいずれお会いした時にうかがうことにしましょう」

「すみません……、そうさせてください。ところで、あの、浅見さんはどうして大船渡に父の千社札があることをご存じだったのですか？」

「いや、それがまったくの偶然なのです。たまたまある事件のことでこちらのお寺を見にきたところ、そこでお父さんの千社札を発見したということなのですよ」

「まあ……、偶然にしても、ずいぶん不思議なことがあるものですのね。伊豆でも同じようなことだったわけでしょう？」

「そうですねえ、まるで台本か何かがあって、偶然どころか、必然だったといっても、おかしくありませんね」

——偶然ではなく、必然。

瞬間、自分で言ったその言葉に、浅見は何かひっかかるものを感じた。

（そうだ、これをただの「偶然」で片づけてしまうのは、あまりにも軽率かもしれないぞ——）

「それで、これから先、私は何をしたらいいのでしょうか？」

朝美が訊いている。

「とおっしゃっても、お勤めがあるのでしょう？　気軽に動くわけにはいきませんね」

「ええ、でも、日曜日なら自由に動けますから、伊豆のお寺と神社をもういちど調べてみましょうか？」

「いや、それはぼくの方でやっておきましょう。日曜まで間があるし、それに、千社札のありそうな場所の見当はつきますからね」

「すみません、なんだか、浅見さんに押しつけてしまうみたいで……」

「いや、気にしないでいいのですよ。こっちは勝手にやっているだけですから」

浅見は笑って答えて、電話を切った。

受話器を置かずに自宅に電話すると、須美子が出て、昼間、遠藤さんという人から電話があったという。

「遠藤さん？　どこの遠藤さんかな？」

「なんだか知りませんけど、坊ちゃんが連絡してくださるようにとおっしゃったんじゃないのですか？　そんなようなこと、おっしゃってましたよ」

「ああ、分かった」

天城峠で事故を目撃した学生の名前が遠藤だった。

「それで、何て言ってた？」

「べつに何もおっしゃってませんけど、電話番号をお聞きしておきました」

須美子の言う番号をメモして、浅見は感謝を籠《こ》めて言った。

「どうもありがとう。きみはじつに気がきくねえ」

「あらまあ、珍しいですね、坊ちゃんが褒めてくださるなんて。何かよっぽど、困ったことでもあったんじゃありませんか？」

「ふーん、図星だよ。驚いたなあ、きみには名探偵の素質があるのかもしれない」

「からかったら、怒ります」

須美子はほんとに怒って、電話を切った。しかし、浅見が言ったことは冗談ではなかった。まさに須美子の指摘どおり、浅見は小林の奇妙な行動と、千社札の謎に直面して、当惑している。おかげで、桜井夕紀の事件の方は、すっかりなおざりの状態になってしまった。

浅見はまた受話器を握り直して、遠藤の番号をダイヤルした。遠藤はT大文学部の学生と聞いている。この時間におとなしく下宿にいるかどうか疑わしかったが、ベルを一度鳴らしただけで、すぐに電話に出た。

浅見は自己紹介をしてから、すぐに本論に入った。

「天城峠の事故の時、遠藤さんは人身事故じゃないかと思って、崖《がけ》の下を覗《のぞ》いたのだそうですね？」

「しかし、その時は人間が落ちているのに気がつかなかった……」

「ええ、そうですが」

「そうですよ、もしかして何か落ちてないかと思って覗いたけど、見えなかったです」

「その覗き方ですが、簡単に見て、すぐに何もないと判断したのですか？」

「そうですねえ、簡単か簡単じゃないかっていうと、具体的に何分とか何秒とかいうことになると思うけど、一応、ちゃんと見たつもりですけどねえ」

「しかし、結果的には、そこに人がいることに気がつかなかったのですから、やっぱり、あっさり見たということになるのじゃありませんか？」

「そう言われちゃえば、反論のしようがないけど、しかし、実際問題として、見えなかったのだから、いまさらしようがないじゃないですか」

遠藤は、浅見が何かあの事故のことで難癖をつけようとしているとでも思っている様子だった。

「いや、そのことをどうのこうの言っているわけではないのです。ただ、それから何日も経って、中学生が見つけたのに、大学生であるあなた方が気付かなかったというのは、ちょっと不思議な気がしましてね」

「そんなこと言われたって、困るな。見えなかったものは見えなかったのですよ。警察だって、べつにそのことをとやかく言わなかったですよ。あんた、警察でもないのに、ずいぶん変なことを言う人だなあ」

最後は喧嘩腰《けんかごし》になって、ガチャリと電話を切ってしまった。

（どうも、ぼくは損な性格にできているのかもしれないな――）

受話器を置いて、浅見は一人、苦笑した。考えてみると、小林章夫にしても、桜井夕紀にしても、藤田マネージャーにしても、自分とは何の縁もない人間ばかりだ。そういう人たちのために、あちこちで罵《ののし》られ、疎まれ、しかも自腹を切っているのだから、よほどのヒマ人でお人好しなのだろう。こんな状態を母親が知ったら、また何を言われるか分かったものではない。

ホテルの窓からは大船渡の街や港、そしてその向うに揺らめく船の明かりが望める。昼間は景観を阻害する倉庫や工場は闇の底に沈んで、しぜん、まどろみたくなるような、美しい夜景であった。

（そこにある物が見えないのは、なぜなのだろう？――）

浅見は漠然と、思った。

そこにある物が、あの大学生たちには、なぜ見えなかったのだろう？

そして、伊豆の三島から湯ケ島へと、神社や寺に貼ってあるはずの父親の千社札が、なぜ小林朝美には、そのほんの一部しか見えなかったのだろう？

（そうだ、人のことばかりは言っていられないぞ――）

浅見は自戒した。自分だって、そこにあるはずの物が見えていない恐れは十分、あるのだ。

そう思った時、浅見の脳裏に、脈絡もなく「椿」の文字が浮かんだ。

（あれは、なぜ直したのだろう？――）

藤田が書いた詩の、「桜」とあった文字を消して、桜井夕紀は「椿」と書き直した。単純に、夕紀は椿が好きだったから、そうしたと思っていたのだけれど、考えてみると、それはずいぶん奇妙な作業ではないだろうか。

第一に、あの詩が遺書だとすると、藤田はなぜ遺書を夕紀に見せたのだろう？

（あれは遺書でなんかなかったのだ――）

浅見は唐突にそう断定した。そう考える方が、はるかに自然だと思った。警察は状況から見て「心中」と判断したから、そこにあった詩を、おあつらえむきに「遺書」と決めつけてしまったにちがいない。

たしかに、二人の若者の死が「心中」もしくは「自殺」であれば、警察のその判断はそう誤りではないのかもしれない。しかし、もしもそれが心中でも自殺でもなかったとすれば、あの奇妙な詩はただの詩にすぎないではないか。

（あれはただの詩だった――）

浅見は身も凍るような気持ちで、そう思った。ただの詩だからこそ、藤田は夕紀に見せたのだし、夕紀は気軽に「桜」を「椿」に直したのではないか。なぜもっと早く、そのことに思い至らなかったのだろう――。

しかし、夕紀は椿の文字を書いたことによって、無意識のうちに浅見に呼びかけることになった。

椿咲いていた

あの日のこと忘れない

このフレーズが浅見の事件に対する思い入れを強くした。霊感だとか、超常現象だとかいう、月並な単語では表現してもらいたくない「何か」が、死の寸前、桜井夕紀の指をして、椿の文字を書かせた――と、浅見は信じた。

浅見の双眸《そうぼう》は、窓の向うの風景を眺めたまま、そのさらに遠くにある幻の映像を見据えていた。

桜井夕紀と藤田が、ワイングラスを手にして、にこやかに乾杯しようとしている。テーブルの上には、封を開けたばかりのボトルが載っている。ボトルの中身は二人のグラスの分量だけ液体が減っている。

そうして、二人は唇にグラスをつけ、一気に液体をあおった。

（一気に、か――）

なんて軽率なことだろう。味わいながら飲めば、その不快な味に気付いて、吐き出したかもしれない。ひょっとすると、助かる可能性もあったのだ。

一気飲みという愚劣な風習が、若者はおろか、いいおとなたちの間でも流行しているそうだ。その愚劣を、あの二人も真似たということか。

浅見はやりきれなくなって、目を閉じようとした。その時、閉じかけた瞼《まぶた》の裏に、二人の乾杯のシーンがプレイバックされた。

（そうだ、なぜ二人だけで乾杯なんかしたのだろう？——）

浅見は愕然《がくぜん》として、たったいま浮かんだ疑惑を、頭ごと抱えた。

第四章　見えなかった理由

1

小林朝美とは、学校の勤務を終えて帰る途中の、新宿駅近くの喫茶店で落ち合った。会ったとたん、朝美は浅見の日焼けした顔と、覆いがたい疲労感に気付いて、眩《まぶ》しそうな目になった。

「すみません」

挨拶《あいさつ》を済ますと、朝美はあらためて頭を下げた。

「父のことで、いろいろご心配をおかけしました」

「いや、気にしないでください。ぼくの勝手で動いているのですから。それより、早速ですが、昨日おっしゃっていた、あの、お父さんの奇妙な千社札の文字の由来のこと、話していただけますか？」

「ええ、お話ししますけれど……」

朝美は俯《うつむ》いて、しばらく気持ちを整理してから、思いきったように言った。

「この前、父の古い知り合いという方が訪ねていらっしゃったんです。父が亡くなったことを人伝《ひとづて》に聞いたとおっしゃってました。その方が、父の千社詣《もう》でのことを知っていらっしゃって、それはたぶんこういうことだろうって、話してくださったのです」

朝美の言葉は途切れ途切れだったが、浅見は頷《うなず》きながら、聞いた。

「父はむかし、陸軍の将校だったのです」

「ほう……、たしか、お父さんは東大――旧帝大の出身でしたね？　そうすると、学徒出陣か何かですか」

「いいえ、大学を出たのが昭和十七年でしたから、卒業と同時に志願して軍人になったのだそうです。ですから、いきなり少尉に任官したとか聞きました」

「なるほど、帝大卒の軍人じゃエリートだったのでしょうねえ」

「でも、苦労知らずの将校ですから、実力があったかどうかは疑問です」

「あははは、それはずいぶん手きびしいですね。そんなことを言っては、お父さんに失礼でしょう。むしろ、愛国心の権化みたいな人だったと言うべきでしょう」

「それはそうかもしれませんけど、でも、やっぱり思い上がったところがあったことはたしかだと思います」

真っ直ぐ正面を見据えて、言う。

浅見は驚いてしまった。

「亡くなった方のことをそんな言い方をしない方がいいですね」

「いえ、そのことは、さっき言った父の知り合いの人からお聞きしたのです。その方はそれほどきつい言い方はなさいませんでしたけど、でも、意味としてはそうだと思います」

「しかし、いったいそのことが千社札の謎にどう関係するというのですか？」

朝美はしばらく黙ってから、また決然という感じで言った。

「父はビルマ戦線に行ったのだそうです。そこで、沢山の部下を殺したのです」

浅見は眉《まゆ》をひそめた。

「殺したというのは穏当じゃないですね。戦争でしょう、何も、お父さんが殺したわけじゃない」

「でも、犬死なさった部下の方から見れば、殺されたも同然だったと思います」

「それは言い過ぎですよ。ビルマといえば、例のビルマの竪琴《たてごと》で有名なインパール作戦があったところでしょう？　作戦自体がむちゃくちゃだったのだから、お父さんの責任なんかじゃないですよ」

「でも、父は最後の一兵までって、部下を叱咤《しった》したのだそうです。それで、中隊はほとんど全滅して、父と何人かだけが生き残って、捕虜になったのです」

「そうですか……」

浅見は溜息《ためいき》をついた。

「それで、お父さんは懺悔《ざんげ》のための旅を続けておられたのですか」

「そうなんです。父がお酒も煙草ものまない真面目人間だったのは、そういう悲惨な過去があったからなんです。それでいて、自分だけはおめおめと生きて帰って、家庭まで持って、子供までつくって……、そういうことにやりきれなかったんだと思います。だから、自分を『下司《げす》』と蔑《さげす》むような千社札を作ったんです」

「それはたしかに悲しいことだけれど、ぼくはお父さんは立派な方だと思います」

「ええ、私も父は立派な人間だと思っていました。だから、そういう過去が父にあって、それが父を立派に見せていた根本なんだって思うと、やりきれなくて……」

「どうしてですか？　そんな風に贖罪《しょくざい》に専念できたことだけでも、ぼくは尊敬に価するとしか思えないのだけれど。それに、あなたがそのことを重苦しく感じたりなさることはないでしょう。ぼくもそうですが、戦争を知らない世代の人間が、あの戦争にいつまでもこだわってウジウジしていたら、世界は動いていきませんよ」

「まあ……」

朝美は睨《にら》むような目で浅見を見た。

「それは過激な思想ですわ。歴史を教訓にするところから平和が始まるのですもの」

「それは一般的なことならそのとおりです。しかし、教訓にするのと、とらわれるのとでは違うでしょう。どこかで鎖を断ち切らなければ、歩くこともできやしない」

「では浅見さんは、戦争の罪を忘れてもいいとおっしゃるのですか?」

「そうは言いません、罪を犯した人間はその罪を贖《あがな》うべきでしょう。たとえ無知なるがゆえに加担したにすぎないとしても、その罪の重さは知るべきです。詐欺的商法で儲《もう》けた企業と企業の幹部は犯罪者として指弾され、罪を償いますが、一般社員もその犯罪の加担者として、被害者に対する罪の重さを感じなければならないということはあるかもしれません。しかし、その子にまで罪の意識を要求しますか? もしすれば、それはただのイジメか、いやがらせでしかありませんよ。子どもの世界はもう、変わっていいはずです。だからって、その子がほかの子より犯罪者になる危険性が大きいとは、誰も思いはしないでしょう。過去の戦争の罪は歴史的な教訓としては学ばなければならないけれど、それに打ちひしがれていては、世界に向けて軍縮を求めたり、核廃絶を叫んだりすることだってできませんよ。平和を作るということは、罪の意識にとらわれなければできないものではないと思うのです」

「でも、私の体に父の血が流れていることは疑いようのない事実ですもの、とらわれるのがあたりまえです」

「どうしてですか? 血は享《う》け継がれても、思考は断絶するでしょう。人間の世代が生まれ変わるというのは、そういう意味だと思いませんか。そうして変化し、進化するのじゃないでしょうか。そうでなければ、人間は死ぬ必要がない。お父さんが亡くなったことで、贖罪は終わったのです。あなたがそれを享け継ぐことはない、あなたが享け継ぐのはお父さんの遺産か、あるいは借金だけでいいのです」

「まあっ……」

朝美はまた浅見を睨んだが、今度は長つづきしない。すぐに笑いを堪《こら》えた顔になって、「おかしなことを言うんですね」と言った。

「大船渡で、ちょうどお父さんのような巡礼の旅をしている老人に会いました」

浅見は真顔で言った。

「やはり家族にも言えない何かを背負って、徒歩でお寺参りをしているのです。その老人が目的地は冥土《めいど》だと言ってました。考えてみると、われわれはみんな、冥土を目指して歩いているのだなあ、と思いました」

「でも、私たちにはまだずいぶん遠い道程《みちのり》ですわ」

「そうですよ。だから、そんな余計な重い物を背負って歩いては、疲れてしまう」

浅見は立ち上がった。

「明日、伊豆へ行きます。それでたぶん、今度の旅はすべて終わりにするつもりです」

「では、父の事件は……」

朝美は失望をあらわにして、浅見を見上げた。

「もちろん、事件は解決できるでしょう。お父さんの死の真相は、あと四、五日で分かると思います。でなければ、ぼくには永久に解くことができない謎かもしれません」

「では」と浅見は伝票を摑《つか》んで、テーブルを離れた。朝美は座ったままで、浅見の少し猫背になった姿を眺めていた。

翌日は薄曇の穏やかな日で、東名高速道は流れるように走れた。しかし、沼津インターを出て三島の市街地に入ると、とたんに車は窮屈な動きになる。

東海道メガロポリスといわれ、どこもかしこも近代化や都市整備が進む中で、三島市ほど都市の再開発が遅れているところも珍しいのではないか――と、浅見は思う。建物は低く小さく、そのあいだをまるで迷路のように細い道が入り組む。そして、東海道線と新幹線、それに伊豆箱根鉄道に国道一号線が錯綜《さくそう》するのだから、いよいよややこしい。

ドライブずれしていて、方向感覚には自信があるつもりの浅見が、三島では道に迷った。地図を辿《たど》っていながら、あらぬところに行ってしまうのだから不思議だ。

大抵の街では、駅と市役所のありそうな場所というのは、カンでだいたい見当がつくものだが、三島ではカンが通用しない。それほどにややこしい。

したがって、社寺の位置を発見し、辿り着くのにひと苦労であった。場所が分かっても一方通行だったりして、こんなことなら歩いた方が早いかもしれないと思った。朝美が「ぜったいに無理です」と言ったのは正しかったのだ。

そのために、浅見は細かく尋ね回るのを止めて、つい車の都合のいいところだけを訪れる傾向が強くなってしまった。

ところが、よくしたものというべきか、行ったところの五分の一程度のところで、『下司』の千社札が貼ってあるのを発見できた。とくに、旧下田街道沿いの集落に点々と並ぶ社寺では、効率よく千社札が見つかった。この辺は道路に近く、車の便がいいので大いに助かる。

もっとも、これもまた朝美の言ったことが正しかったのだが、小林章夫は、街中の大きな社寺を避け、あまり人の訪れそうもない社寺を選んで回った形跡がある。やはり人目につくのを遠慮したのだろうか。しかし、その割には、建物の目につく場所に千社札を貼っているのが、大船渡の場合とは異なる点だ。

最初のうちはかなり丹念に見て回ったが、やがて浅見は見切りをつけて、次の場所への移動が早くなった。朝美の調査に見落としがあったわけではないことが、彼にも納得できたのだ。

三島に着いたのは九時ごろだったが、午《ひる》までには大仁町に辿り着いた。

大仁は古代、国府が置かれたところといわれる。伊豆の国府はある時期から三島に置かれたことは明らかだが、それ以前はこの地にあったらしい。この町の中心・田京《たきょう》に『チョウ』という地名があって、それは『庁』の意ではないかというのである。その田京に浅見はいた。

伊豆は元は遠流《おんる》の地であった。京都の政権に都合の悪い人物の多くが、この地に流されている。源頼朝はその代表的な人物だが、そういうわれもあって、この辺りには社寺が多いのだ。

鎌倉と伊豆の関係を調べている浅見にとって、中伊豆はどこも懐かしい感じがする。こんな鄙《ひな》びた地方に、かつて、落魄《らくはく》の身でなお京風の生活を忘れ難い人々が、ほそぼそと生き永らえていた姿を想像すると、背筋がゾクッとするほど遣《や》る瀬《せ》ない気持ちになる。

だが、いまは不幸にして、そういう感興に浸っている場合ではなかった。とにかく、機械的に千社札の調査を継続しなければならない。

田京には田方郡下第一の大社である広瀬神社があるし、随昌院《ずいしょう》、蔵春院《ぞうしゅん》、蓮光寺《れんこう》などの著名な仏閣もある。しかし浅見は、最初からそういう大きな社寺は避けて、名も知らないような小さな神社や寺を探した。

町の東側の山際にある寺で、近くにある醸造会社の午後の始業のサイレンを聞いた。浅見は急に空腹感と疲労感を覚えた。それと同時に、自信が失われてゆくのを、どうしようもなく感じていた。

小林朝美の父親が、どういう目的で千社詣でをしていたのか、じつをいうと浅見は朝美の打ち明け話に期待をかけていた。もしかすると、そこに何か、事件の謎が秘められているのかもしれないと思っていた。

だが、そこからは何も得るものがなかった。朝美には言わなかったが、あの時、浅見は失望した。

そうして、いま千社札を求めて走り回ってはいるものの、浅見の中には確とした信念など、何もないに等しいのだ。

ただ、ばくぜんとした違和感がある。何かを見ていながら、気付かないというもどかしさもある。

(そこにあるのに、なぜ見えないのか——)

またしても、その想いが突き上げてくる。

寺の境内に車を置いて、浅見は岩手の山間の町で巡礼の老人がそうしたように本堂に祈り、階段に腰を下ろした。まるで自分があの老人と同様、ただ空しさを求めて冥土へ向かう旅人のように思えてきた。

境内には参詣《さんけい》の人の姿はなかった。乳母車を押した老婆と、その袖《そで》に縋《すが》るようにして歩く孫娘がやってきて、のんびり遊んでいる。

乳母車の中の赤子がむずかると、老婆はゆっくり歩きながら、子守の歌を口ずさむ。

空には相変わらず霞のような雲が流れ、眠たいようなのどかな初秋の午後であった。

ふと、浅見は老婆が唄《うた》っているのが、例の手鞠《てまり》歌であることに気付いた。

「あれ見ィやれむっこう見ィやれ、六まい屛風《びょうぶ》にすゥごろく……」

単調に眠気を誘う節回しで、老婆は繰り返し繰り返し、唄っている。

「あれ見ィやれむっこう見ィやれ……」

浅見のぼんやりした頭の中で、経文のような言葉がゆらゆらと蠢《うごめ》いていた。

――この手鞠歌の歌詞は、手鞠で遊ぶ子の注意をそらそうとする内容で……。

朝美に説明した浅見自身の声が、老婆の声とダブって聞こえてきた。

浅見の全身に悪寒のようなものが奔《はし》った。

（そうか、手品のタネか――）

浅見は愕然《がくぜん》とした。そこにある物を見えなくするのは、手品の常套《じょうとう》手段ではないか。

人の目を派手な動きをする一方の手に引きつけておいて、隠れた場所にあるもう一方の手でシゴトをする。

たのだ。

「あれ見やれ　向う見やれ……」と誘われて、人はあらぬ方角に注意を逸《そ》らされていたのだ。

そして、ある物が見えなかったり、ない物を見たりしてしまった。

浅見は階段を駆け下りた。走り抜けざま、老婆に向かって、「おばあさん、ありがとう」と叫んでいた。

2

下田街道を南へひた走りながら、浅見は込み上げてくる笑いを抑えるのに苦労した。一人でニヤニヤ笑いながら運転しているのを傍《はた》からみたら、さぞかし気味が悪いにちがいない。

しかし、浅見は歌でも唄いたいような弾んだ気分だった。

ある物は、見える――。

ない物は見えない――。

このかんたんな真理に、どうしてもっと早く気付かなかったのか、われながら不思議でならない。

ありもしない物を、あるがごとくに見ようとするから錯覚が生じるのだ。

警察の強引な捜査が、しばしば冤罪《えんざい》事件を引き起こすのも、ありもしない物をあると決めつけようとする無理が原因だ。頭のいい犯人は、それを逆手に取って、ない物をあるように見せ掛ける。

（ただそれだけのことだったのだ――）

浅見は「ある物は見える。ない物は見えない」と、頭の中で何度も唄った。警察がこの着想を聞いたら、さぞかし驚くことだろう。いや、それとも、あまりのばかばかしさに笑いだすかもしれないな――などと、とりとめもないことを思った。

修善寺を過ぎ、湯ヶ島を過ぎ、快適な新道で新天城トンネルを抜けるころから雨が降りだした。伊豆の天気は変わりやすいというのはほんとうだ。

河津町の温泉場はどこもひっそりと、雨に濡《ぬ》れそぼっていた。

下田につくころには本降りになり、辺りは夕刻のように暗かった。

下田署の玄関を入りかけて、浅見はふと足を止めた。玄関脇に当然貼ってあるはずの「天城峠轢《ひ》き逃げ事件特別捜査本部」の看板が掲げられていない。そういえば、署内に足を踏み入れても、それらしい熱気が感じられない。

浅見はなんとなく不吉な予感がしてきた。

通りがかりの巡査に「天城の轢き逃げ事件の捜査本部はどちらでしょうか？」と訊《き》くと、「ああ、あれはもう解散しました」という答えが返ってきた。

「解散した？」

浅見は驚きのあまり、思わず大声を出してしまった。巡査は「なんだ？」という目を浅見に向けた。

「捜査本部が解散した、というと、もうあの事件は解決したのですか？」

「いや、そういうわけじゃないですが……」

巡査は怯《ひる》んだように言い淀《よど》んで、「一応、事件捜査が一段落ついたので、あとは継続捜査の方針に切り換えたのです」

「というと、下田署内のスタッフだけでおやりになっているのですか？」

「そうです」

「静岡県警の保田警部はいらっしゃらないのですか？」

「ええ、おりませんが……。あなたは保田警部のお知り合いですか？」

巡査の態度がちょっと変わった。

「えっ？　ええ、まあ、そうですが……。そうですか、捜査本部は解散したのですか」

浅見は落胆した。

「しかし、事件発生からまだ二ヵ月しか経っていないのでしょう？　ちょっと早すぎるような気がするのですが」

「さあ、詳しいことは自分には分かりませんので、何とも言えませんが」

「捜査を担当された方に会わせていただけませんか」

「はあ……、それで、お宅さんはどちらさんですか？」

「浅見という者です」

浅見が渡した名刺を持って、巡査は奥へ消え、ふたたび現れると、「どうぞ、こちらへ」と呼んだ。浅見がついてゆくと、二階の刑事課の札がぶら下がった部屋に入り、警部の襟章をつけた年輩の男の前に案内された。

「刑事課長の永井です」

永井課長は愛想よく、浅見に補助椅子をすすめて、「保田警部のお知り合いだとか？」と訊いた。

「いや、知り合いといっても、先月、こちらにお邪魔した時、お目にかかっただけですけれど」

「はあ……」

永井はちょっと気の抜けた顔になった。保田警部の知り合いではないとなると、対応の仕方も変わる。

「それで、どういうご用件ですか？」

「はあ、じつは、天城峠の轢き逃げ事件について、お話ししたいことがあるのです」

「なるほど」

「あの事件はすでに捜査本部を解散して、継続捜査に入ったそうですね？」

「そうです。捜査は轢き逃げ車の割り出しをすればいいということで、すでに捜査本部を必要とする段階ではなくなりました。現在、各都道府県警察に、当該轢き逃げ車の手配を依頼して、情報の入るのを待っている状況で、当署だけで十分、処理が可能でありますからね」

「そうですか」

浅見は頷《うなず》いてから、言った。

「それで、具体的には成果があったのでしょうか？」

「まあまあというところですな。ご承知のように、轢き逃げ事件の捜査というのは、単純にはいかないもんでしてね。時間がかかります」

言いながら、永井はそわそわと腰を浮かせかけた。

「こんなようなところでよろしいでしょうか？　ちょっと仕事に戻らなければならんもんで」

「こんなことを申し上げては、失礼かもしれませんが」

浅見は急いで、ずばりと言った。

「修理工場の洗い出しの方は、うまくいっていないのではないでしょうか？」

「そりゃあなた、なんたって数が多いから、そうかんたんには割り出せませんよ」

永井課長は少し気分を害したらしい。「それに、まだ犯人側が事故車両を工場に出していない可能性だってありますからねえ」

「七月十五日以降の修理車となると、膨大な数なのでしょうねえ」

「それはまあ、かなりの数です」

「それに、これから先もどんどん増えていきますね」

「まあ、そういうことですな」

「とすると、割り出し作業は困難を極めるどころか、不可能なのではありませんか？」

「うーん……まあ、かりに困難だとしてもですよ。ほかの方法もありますしねえ」

「どういう方法ですか？」

「それはちょっと、申し上げにくいですな、捜査の機密に属すことでして」

「といっても、素人考えだと、やっぱり修理工場からたぐるのが、いちばん確実だと思うのですが」

「そのとおりですね、ですからそれをやっておるところです」

「しかし、正直なところをおっしゃれば、やはり難しいのでしょう？」

「ははは、どうもそうおっしゃられると、お答えのしようがありませんなあ」

「車種は特定できたのですか？」

「もちろんです、現場に残されたヘッドライトの破片をメーカーに照合して、ほぼ特定できましたよ」

「車種は何だったのでしょうか？」

「トヨタのマークII、かなり古い年式のものです。目撃者の見た記憶とも、だいたい一致しましたしね、まずまちがいない」

「その目撃者の大学生ですが」と浅見は意気込んで言った。

「七月十五日に事故を目撃した大学生は、事故の直後、崖《がけ》の下を覗《のぞ》いてみたのに、被害者らしい物に気がつかなかったと言っているのでしたね？」

「そのとおりです」

「そして、十日も経ってから通りかかった中学生が、たまたま覗き込んで、それらしい物を発見したのですね？」

「そうです」

「それなんですが、少しおかしいとは思いませんか？」

「おかしいって、何がです？」

「つまり、なぜ大学生は死体に気付かなかったのか、ということがです」

「そりゃ、あんた、そんなことを言ったってしょうがないでしょう」

「でしたら、なぜ中学生には見えたのでしょうか」

「なぜって、見えたから見えたのじゃないですか」

「しかし、変じゃありませんか？　あのころは山の草はどんどん伸びる時期ですよね。前には見えた物が夏草に覆い隠されて、後で見えなくなるというのなら分かりますが、その逆はおかしいですよ」

「そんなことを言ったって、現実にそうだったのだからしようがないでしょう。大学生の見方が不十分だったということじゃないんですか？」

「いや、それも変ですよ。大学生は、人身事故かもしれないという認識をもって見たのです。中学生の、たまたま覗いて見た、というのからすれば、はるかに注意力があったはずですよ」

「しかし、実際に見えなかったのだから、どうしようもないでしょうが」

「なぜ見えなかったかが問題です」

「ほう、妙なことを言いますなあ。それじゃ、なぜ見えなかったんです？」

「その理由は一つしか考えられません。死体が見えなかったのではなくて、そこに死体がなかったのですよ」

「死体がなかった？……」

「そうです、大学生が覗いた時点では、そこには何もなかったのです。だから見えなくて当然なのです」

「ははは、つまりあなたは、大学生が目撃した事故は轢き逃げではなく、実際の轢き逃げはその後に起きたということを言いたいのですな？　しかし、その程度のことは警察もぬかりなく考えておるのですよ。じつは、あの被害者の死亡推定日時は、当初、被害者が家を出た七月十三日から、被害者の捜索願いが出された二十日までの間と広く取ったのだが、その後、被害者の行動と解剖結果を分析して、実際には十五日以外はあり得ないと判断するにいたったのです。もっとはっきり言うとですな、お医者さんの方は、十五日以降ということはないと主張したし、われわれ捜査の人間としては、十五日以前ということはあり得ないと主張して、中を取ったようなかたちになったわけです」

「そう判断された理由は、医師の側は解剖所見からそう言っているのですね？」

「そうです。死体はかなり腐敗が進行していて、狭い範囲に特定するのは困難だったのだが、まあ十五日以降ということはないだろうとは断定したものだそうです」

「そして、捜査に当たる側として、十五日以前でないと判断した理由は、例の大学生の証言と、もう一つは被害者の小林さんが貼って歩いた千社札にあったというわけですね？」

「えっ？……」

永井課長はギョッとして浅見を睨《にら》んだ。

「あんた、それをどうして？」

「いや、そのことはいずれお話ししますが、とにかく、三島から千社札を貼りながらやって来るには、どうしても二日はかかるだろうということだったのでしょう？」

「ん？　ああ、まあそういうことです」

永井の目には急速に疑惑の色が濃くなっていった。

（この男、何者だ？……）

「その判断は、いずれも正しかったと思いますよ」

浅見は永井の思惑には構わず、言った。

「とくに、解剖所見で十五日以降ということはないと判断したことは、大したものですねえ」

「あんた、感心している場合ではないでしょう。さっきは轢き逃げ事件はそれ以降に起きたと言ったのじゃないですか」

「いえ、そんなことは言ってませんよ。それどころか、現実には、あの時点ではすでに轢き逃げ事件は発生していたのです。まさに解剖所見が下した判断は正しかったのですよ」

永井は呆《あき》れ返って、しきりに頭を振った。

「何を言ってるのか、さっぱり分からんが、要するにあんたは、天城の現場で大学生らが目撃した事故と、あの被害者とは関係なかったと言いたいのですか？」

「そうではありません。大学生が目撃した車を運転していた人物は轢き逃げ犯人か、もしくはその仲間だと思います」

「なるほど……」

ようやく理解できた——と言わんばかりに、永井課長は大きく頷いた。

「つまり、犯人はその時、大学生たちが通りかかったので、慌てて被害者を現場から運び去り、後でふたたび現場に舞い戻って、死体を遺棄したというわけですな」

「まさか……」

今度は浅見が呆れて、課長の満足げな顔を見つめてしまった。

「なんだってそんなことをする必要があるのです？　せっかく現場から運び去った死体を、わざわざ戻しにやって来る理由はありませんよ。それくらいなら、別のところに捨てればいいじゃありませんか」

「ん？……」

永井は不愉快そのものの顔になった。

「じゃあ、あんたはいったい何がどうしたと言いたいのです？」

「いま、課長さんがおっしゃったことを、逆に考えればいいと思うのです」

「逆に？　何を逆に考えろっていうんですかい？」

「つまり、死体を運んで行ったのではなく、死体を運んで来たのだということです」

「死体を運んで来た？……」

「そうです、事故のあった時点では、死体はそこになかったから、大学生たちは事故があったという事実しか知らなかったわけですね。べつの言い方をすれば、犯人はあの場所で交通事故があったという事実を大学生たちに認識させたわけです。そして、後にその現場から死体が発見されれば、警察は必ず、七月十五日に大学生が交通事故を目撃した事実を突き止めるにちがいない。そうすれば、その死亡事故は七月十五日に発生したということになるだろう……と、そう目論《もくろ》んだのです。そうして、犯人は『事故』のあった一日か二日後に死体を運んで来て、崖下に投下したというわけです。実際、捜査は犯人の思惑どおりに進められたのではありませんか？」

　永井はこれ以上はない、苦々しい顔になっていた。

「そうすると、あんたは、あの被害者は交通事故で死んだのではなく、殺害されたものであると言いたいのですかい？」

「それは違います。小林さんは交通事故で亡くなったことはたしかだと思いますよ。そうでなければ、犯人はあんなややこしい工作をするわけがありません。交通事故で死んだか、そうでないかは、かんたんに見分けがつくでしょうからね。犯人の工作の目的は、あくまで、事故の現場と発生日時を隠蔽《いんぺい》することにあったのです」

「すると、あの死亡事故は、七月十五日に起きたのではないというわけですか？」

「そうです、結論を言えば、十五日の時点では小林さんは死んでいた。そして、死んだのはあの場所ではなかった。そういうことだったのです」

「ふー……」

永井課長はまた吐息をついた。

3

浅見の名刺には何の肩書もない。それをあらためてじっと見つづけてから、永井刑事課長は言った。

「浅見さんはどういうお仕事をしているのですか？」

「いわゆるルポライターのようなことをやっています」

「なるほど、それでいろいろと詳しいわけですな。千社札の件についても知っているとなると、被害者の小林さんのご遺族とも会っているのでしょう」

「ええ、千社札のことは、小林さんの娘さんの朝美さんからお聞きしました」

「そうでしたか。あの娘さんはなかなかの別嬪《べっぴん》さんですな。たしか、学校の先生をやっているのでしたか。まだ独身だったかな？　浅見さんは奥さんは？」

「いや、おりません」

「そうですか、それはそれは……」

永井は身を反らすようにして、浅見を眺めた。とくべつの意味を籠《こ》めた、鬱陶《うっとう》しい視線であった。

浅見は少し不愉快なものを感じた。警察官がこういう無駄話をするのは、頑強に否認を続ける被疑者に対して態勢を建て直す場合の常套手段だ。案の定、永井は姿勢を正して、頭を下げながら言った。

「浅見さん、あなたの話はたいへん面白かったですよ。ぜひとも、捜査に役立てたいと思います。いや、本日は御苦労さんでした」

浅見はあぜんとした。いったい、この刑事課長は何を聞いていたのだろう？——。

「失礼ですが課長さん、いま捜査に役立てるとおっしゃいましたが、どんな風に役立てるおつもりですか？」

「は？……」

思わぬ反撃に遭遇したように、永井は眉をひそめて、浅見の気配を窺《うかが》った。

「これまで、ぼくがお話ししたことについて、警察が具体的にどのような行動に出られるのか、たいへん興味があるのです」

よ」

「正直に申し上げて、実際には何もなさらないのではないかと、心配しているのです

「……」

「いや、そんなことはありません」

浅見の剣幕に驚いて、永井は慌てた。

「警察は市民の意見を尊重するにやぶさかではありませんからな」

「そうですか、でしたら、具体的にどのような方向に、ぼくの意見を活《い》かすのか、ぜひ伺いたいものです」

「いや、それはですな、それは捜査の機密に属すものであって、いくら協力してもらったからといって、あなたに警察の手の内をバラすわけにはいかんでしょう」

「そうではありませんね」

浅見は断固として言った。

「課長さんは残念ながら、ぼくの言ったことを捜査に反映させるおつもりなど、これっぽっちもないはずです」

「何を言うんです？」

永井が顔色を変えるのにも構わず、浅見はきつい言葉を続けた。

「なぜそういうことを言うかといえば、それは、これまでにぼくが言ったことには、

具体的な行動につながるような示唆が、何一つ含まれていないからです。要するに、『轢き逃げ事故は七月十五日に起きたのでもなく、天城峠の現場で起きたのでもない――』というのは、それだけでは単に抽象的な意見でしかなく、机上の空論、素人の戯言《たわごと》と聞き捨てるような内容でしかないのですよね。それにもかかわらず、課長さんは捜査に活かすなどと言われる。これはもう、明らかに外交辞令以外の何物でもありません。課長さんはそうおっしゃって、その実、何もやるつもりはないのでしょう？」

永井の膝《ひざ》の上で、右手の指が小刻みに膝を叩《たた》いている。この老練の刑事課長の内部で、極度にイライラがつのっているのが、浅見には読み取れた。

「あんたねえ」と永井は言った。

「はっきり言って、警察は市民の意見には耳を傾けるが、それを捜査に反映させるかどうかは、専門的に分析してみてからのことであって、何もかも採用するとはかぎらないのですよ。いちいち素人さんの思いつきに惑わされていたひには、警察官が何人いたって追いつきゃせんでしょうが」

「それはそのとおりかもしれません。だからこそ、ぼくはそういう手間を省いてさしあげようと、こうしてやってきたのです。それを話半分で追い返そうとするのは、これはもう警察官の職務に対して怠慢だと申し上げるほかはありませんよ」

「し、失敬な……」

永井は唇をブルブルと震わせた。

「あんた、帰ってくれませんか。こっちもひまな体じゃないんでね」

「分かりました、帰ります。帰りますが、しかし課長さん、ぼくの話の続きを聞かなくてもいいのですか？　小林さんは、いつ、どこで事故に遭われたのか……」

「なにっ？……」

永井は目玉を大きく剝《む》き出した。たったいま「帰れ」と言った舌の根も乾かないうちに、どうして「聞きたい」などと言えようか。かといって、この男、もしかすると、ほんとうに何か知っているのかもしれない――。

「小林さんが交通事故に遭われたのは、七月十三日だったのですよ」

浅見はほとんど悲しそうに聞こえる口調で、言った。

「七月十三日？……」

おうむがえしに言って、永井はほっとしたように笑いだした。

「あんたねえ、だから素人さんは困るというのですよ。七月十三日に死んだのでは、三島から湯ケ島まで、どうやって千社札を貼ることができるって言うんです？　二日間かけたって無理なくらいだというのにねえ」

「そのとおりですよ」

浅見は平然として言った。

「たしかに、二日間かけても、百枚の千社札を貼ることは無理です。事実、三島から湯ヶ島にかけて、小林さんは百枚の千社札を貼ることはできなかったのです。それなのに、小林さんのカバンの中には、千社札は一枚も残っていなかったのでしょう？いったい残りの千社札はどこへ行ってしまったというのでしょうか？　課長さんは、そのことを不思議だと思いませんか？」

「……」

沈黙した永井を見ながら、浅見はゆっくりと立ち上がった。

「どうも、お忙しいところを長々とお邪魔しました。失礼します」

「あ、はあ、どうも……」

永井は口を小さく開けて、部屋を出てゆく浅見を見送った。

浅見は、この男にしては珍しく、本気で怒っていた。警察の閉鎖性・秘密主義はいまに始まったことではないけれど、今回は自分の発見を早く捜査に役立てようと意気込んで来ただけに、永井刑事課長の木で鼻を括《くく》ったような応対が歯痒《はがゆ》く、腹が立った。

しかし、車に乗って、下田署を後にしたころには、浅見は少し後悔していた。もうちょっと辛抱して、頑迷な刑事課長に話を聞かせるべきだったと思った。

もっとも、話したからといって、刑事課長が素直に浅見の考えを受け入れるかどうかは保証のかぎりではない。虚心坦懐《たんかい》、素人の推理に耳を傾ける人物とは、到底、思えなかった。何もかも話した後で、また同じような仕打ちをこうむることも想像できる。

「帰ろ、帰ろ……」

浅見はまるで駄々っ子のように、車の中で唄《うた》った。下田へ来る道すがらの、浮き立つ気持ちとは、天地のへだたりがあった。

こうなったら、独りで事件を解決してみせようか——と思った。

(だが、どうやって?——)

この事件の解決には警察の組織力が必要なのだ。個人の捜査能力では及ばない、純粋に物理的な意味での数のエネルギーが必要——なはずであった。

脳裏を兄の浅見陽一郎の面影がよぎる。

警察庁刑事局長の兄に頼めば、それはなんでもないことにはちがいない。いままでだって、何度となく兄の協力を求めて、あるいは兄に協力して難事件を解決してきたのだ。

だが、浅見は今回にかぎり、兄の助けを求める気になれなかった。

気持ちのどこかに、小林朝美の言った言葉が引っ掛かっていた。

——浅見会長の息子さんは、刑事局長をしていらっしゃる……。

　そうなのだ、浅見家の男子といえば、長男・陽一郎を指すのであって、それ以外には男子がいないがごとくに、浅見家は運営されてきたようなところがある。なにしろ十四歳も離れていれば、次男坊はミソッカスのようなものかもしれない。それに、陽一郎は幼年期から神童と噂され、そのまま成長して東大を首席で卒業、二十歳を過ぎても「ただの人」にはならなかった天才だ。両親をはじめ、浅見家に関係する人々のほとんどが陽一郎をこの家のホープと認識し、太陽を見るように仰ぎ見たのである。

　それにひきかえ、浅見家の次男坊・光彦は赤ん坊のころから手酷《てひど》い差別待遇を受けた。生まれ落ちて間もなくから、ばあやの手で育てられた。このばあやが浅見を溺愛《できあい》した。陽一郎坊ちゃまばかりがなんで――という反発を、もろに浅見への愛情として注ぎ込んだ。だから、ばあやが死んだ時、浅見はしばらくの間、父親が死んだ以上のショックに沈み込んでいた。

　もっとも、そんなことにいまさらこだわるというのは、よほどどうかしている。浅見は朝美の存在を気持ちのどこかで意識していて、無意識のうちに、兄への対抗心をかき立てているのだ。小林朝美にいいところを見せたい――という、子供じみた欲求に取りつかれているのだ。

　武上清作がその「怪電話」を最初に受けたのは、浅見光彦が下田から帰った次の日のことである。

このところ、武上プロはあまり芳しい状態とはいえない。桜井夕紀が死んで、稼ぎ頭を失ったことが直接の原因だが、それによって派生した、さまざまなマイナス要因が経営を圧迫していた。

「夕紀さえいてくれたら」というのは、毎日のように繰り返される武上の愚痴であった。桜井夕紀がいなくなったからといって、まだ他にも売れっ子タレント二人を含む、十数人の中堅タレントを抱えているのだが、夕紀の死は、本来、陽気でなければならないタレントプロダクションの空気を沈滞させてしまった。そういう辛気臭いムードというものは、武上プロ内部ばかりでなく、テレビ局のスタッフにも敏感に伝わり、日頃、足しげく訪れていたその連中の足を遠ざけることにもなった。

武上は営業とマネージャーのスタッフを、仕事漁《あさ》りに駆り立てた。このピンチをなんとかして乗り切らなければ、ジリ貧状態に落ち込む危険性があった。

主だった社員が出払って、武上プロは閑散としていた。社長のほかは三人の女子事務員がいるだけである。

三時過ぎ、女性の一人が武上にコーヒーを淹《い》れた。いくつかの電話連絡を捌《さば》いて、武上がほっと息を抜く時間であった。

電話のベルが鳴って、コーヒーを淹れた女性が応対し、「社長お電話ですが、どうしましょう?」と、送話器を手で覆いながら言った。

「誰から?」

「岩手の方とかおっしゃってます」

「岩手?　名前は?」

「それが、岩手の者としかおっしゃらないのです」

「そんな電話……」

切ってしまえ——と手を振りかけて、武上は「まあいいや、出てみよう」と、切り換えのボタンを押した。

「はい武上ですが」

呼び掛けたが、電話の向うは沈黙している。

「もしもし、武上ですが」

大声で言った。またしばらく間があってから、

「岩手の者です」

鈍重な東北訛《なま》りの、男の声がした。

「岩手のどちらさんですか?」

「岩手の者です」

「それは分かりましたがね、岩手のどなたか、お名前を訊《き》いているのです」

「桜井夕紀さん、死にましたね」

「ん？……」

武上は薄気味悪いものを感じた。

「マネージャーさんも、死にましたね」

「それがどうしたのです？」

いきなり電話が切れた。

「もしもし……」

武上は怒鳴って、受話器を睨《にら》みつけた。気がつくと、女性たちがみんなこっちを見ている。

「なんだこいつは！」

武上は受話器を荒々しく置いて、「妙な電話を取り次ぐな」と、最前の女性に八つ当りした。

だが、運の悪いことに、その次にかかった時は、男性のマネージャーが電話口に出た。夕刻で、女性社員は帰り支度を始めていた。

「社長、お電話です」

不用意に大声で取り次いだ。武上が何気なく出ると、またあの重苦しい東北訛りが聞こえてきた。

「岩手の者です」

武上はゾーッとした。その反動で、いきなり怒鳴った。

「何者だ、あんた！」

「あの車、走っていますか？」

「何っ？……」

「藤田さんが死んでも、車は走りますか？」

「ど、どういう意味だ、それは？」

「夕紀さん、泣いたすもんね」

「この野郎、いいかげんにしろ！」

また、唐突に電話は切れた。

その場に居合わせた社員が全員、武上の顔を注目していた。

「どうしたんです？　何の電話です？」

営業部長の大塚が歩み寄ってきた。

「なんだか、わけの分からん電話だ。いたずらにしても度が過ぎる」

「誰からなのです？」

「いや、名前を言わないのだ」

「何だって言うのです？」

「それもよく分からない。いや、気にすることはない。どうせいやがらせ電話だろう。あまりひどければ、警察に頼んで逆探知してもらうよ」

武上は強気の言葉を、叩きつけるように言ったが、内心ではひどく怯《おび》えていた。

(あいつ、何を言いたいのだ?——)

地の底から聞こえるような、「岩手の男」の重い声音が耳について離れない。

あくる日、事務所に出ていても、朝のうちは電話のベルが鳴るたびに心臓にこたえた。午後になって、ようやく忘れかけたころ、「岩手の男」の電話が入った。

「どうしましょうか?……」

女性社員も武上の気配を察して、怯えた顔になっている。

「おれが出る」

武上は電話が切り換わるやいなや、送話口に向けて「ばかやろう!」と怒鳴った。

電話は沈黙している。

「この野郎、今度やったら逆探知するからな、そのつもりで電話してこい」

「クックックッ……」

「岩手の男」は受話器の闇の向うで低く笑った。

「ヘッドライト、安かったなす」

「何?……」

「あれだば、じいさんの葬儀代にもなんねえすな」

「ふざけるな！」

武上は受話器を叩きつけた。

心臓が猛烈な早さで血液を送っていた。目の色を社員に読み取られまいと、武上は伏せた顔を窓の方向へ捩《ね》じ向けた。

演技する必要のないほど、眉は顰《ひそ》められ、気難しいこの男を、いっそう近寄りがたい感じに装った。

第五章　二つの峠路《とうげじ》

1

九月二十一日の夕刻、浅見は武上の車を追尾している。二十二日、二十三日と二日続きの休みに、武上は必ず動くと思った。

武上は事務所のある池田山のマンションを出ると、真っ直ぐ、新宿のセンチュリーホテルへやってきた。

武上の渋いブルーのセドリックは比較的めずらしいので、新宿の混雑を通過する際にも見失うことはなかった。

ホテルの駐車場に乗り入れるのを確認したところで、浅見は道路脇にある電話ボックスから武上プロに電話をかけた。

武上プロにはまだざわめきが聞こえるほどの社員が残っている。

「秋山という者です」と浅見は言った。

「センチュリーホテルで武上さんと待ち合わせているのですが、まだお見えになりません。もう、そちらはお出になってますか？」

――ええ、出ております。ちょっとお待ちください、センチュリーは、えーと、七時からパーティーが始まる予定になっていますので、もう着いているはずですが。

「そうですか、それじゃ、直接、パーティー会場の方で待ち合わせの約束だったのかな？……。弱りましたねえ、何の会か聞いていないのですが、そちらではお分かりになりませんか？」

――分かりますよ。宮本繁男《みやもとしげお》さんの受賞祝賀パーティーです。

「あ、そうですか、それなら会場へ行ってみましょう。どうもありがとうございました。それから、申し訳ないが、私がお電話したことは武上さんに黙っていてください。約束を忘れたのは面目ありませんので」

――はい、分かりました。

気のいい青年らしい。笑いを含んだ声でテキパキと答えた。

浅見はホテルの駐車場に入って行った。宮本繁男氏がどういう人で、何の賞を受賞したかなどは知らないが、それはどうでもいいことであった。

駐車場は地下一階から地下三階まであり、地下二階のスペースに武上の車はあった。浅見はそこから少し離れた場所に車を止めてシートを倒し、武上の現れるのを待った。

七時から始まるパーティーなら、終わりは九時あたりだろう。たっぷり過ぎるほどの時間があるけれど、途中で抜け出してこないとも限らない。

カーステレオにモーツァルトのテープを流して、半眼を閉じる。肉体と頭脳のほとんどの部分を休息させていながら、それでいて、目標物の変化に対する神経だけは、絶えず働いている。ちょうど、飽食した猛獣がサバンナに横たわっているような状態だ。

「フルートとハープのための協奏曲」が終わり「ハフナー」が終わり、浅見の手が勝手に動いてテープを入れ換える。二十番と二十一番のピアノ協奏曲を聴き、十五番の弦楽四重奏を聴いている途中で、ふと、不吉な予感が胸をよぎった。

メーターの脇のデジタル時計は九時半を回っている。

(まだ早いか――)

そう自分に言い聞かせた。パーティーが終わったとしても、すぐに出てくるわけにはいかないものだ。知人とロビーで話し込んでいるのかもしれない。

そう思いながら、なんとなく浅見は胸騒ぎがした。

十時――。

浅見は車を出て、ロビーへ上がった。宴会場係に「宮本繁男氏のパーティーは?」と聞くと、案の定、とっくに終了したという。

「お客様はみなさんお帰りになられました」

浅見は急いで駐車場に戻った。エレベーターで行き違いになった可能性もある。だが、武上のセドリックは元のままだ。ホテル内のバーかラウンジにでもいるのだろうか？

十一時、バーも閉店する時間である。

（仲間と街へ飲みに行ったのか——、それとも、女性と部屋を取ったのかな？——）

浅見は焦って、いろいろな想像をめぐらせた。しかし、いずれも外れていると思った。この一刻一刻は、いまの武上にとっては重大な意味を持つ貴重な時であるはずだ。行動を起こさない道理がない——。

浅見はそう確信したからこそ、こうしてじっと待っているのだ。

武上は必ず、動く。それも、今夜——。

主を待つブルーのセドリックは、無表情に眠っている。浅見はじっと瞳《ひとみ》を凝らしていたが、ふいに愕然《がくぜん》とした。

（ブルーのセドリックは、よく目立つ——）

エンドレスのテープが「フルート四重奏第三番」をリピートしはじめたのを、荒っぽい動作でストップさせた。

エンジンをかけて、狭い駐車場の中では危険すぎるスピードで出口へ向かった。

（しまった——）という思いで、浅見は唇を嚙《か》みしめた。武上があの目立つセドリックで動き回るはずはないのだ。

出口の料金係は年輩者で、応対が丁寧だった。その丁寧ささえ、浅見にはじれったい緩慢さにしか映らない。浅見は焦りと恐怖に背中をつっ突かれているように、金を払うと慌ただしく車を発進させた。後ろから料金係が「お釣り」と叫んでいる声が聞こえたが、バックミラーを覗《のぞ》きもしなかった。

新宿から東北自動車道のインターへ向かうルートが、浅見の脳裏で描かれた。明治通りで池袋から王子へ抜け、川口へ行くルートが最も近い。途中、浅見の家のある北区西ヶ原付近を通過する。浅見はいやおうなく、兄・陽一郎のことを想起しないわけにいかなかった。

飛鳥山《あすかやま》に突き当たったところで左折すれば川口方向へ向かう。そこを浅見は右折した。坂を上りきって右折。高台の静かな住宅街の一角に浅見家はある。兄の書斎にはまだ明かりが灯《とも》っている。浅見はほっとした。

車を路上に放置したまま、浅見は門の中に走り込んだ。

物音を聞きつけて、お手伝いの須美子が眠い目をこすりながら起きてきた。

「ごめん、起こしちゃって。きみはいいから寝てなよ」

浅見は兄の書斎へ行った。

「珍しいな、こんな時間に」

兄は調べ物の手を休めて、椅子の向きを変えた。聡明《そうめい》そうな額や高い鼻、引き締まった口許《くちもと》など、弟の目から見ても威圧感がある。

「緊急の相談があるのです」

浅見は早口に言った。

「その様子だと、誰かの身に危険が迫っているらしいね」

笑いながら言ったが、さすがに鋭い。

「具体的なことはあとで話しますが、とりあえず至急に手配してもらいたいのです」

「何をどう手配する？」

「岩手県警に連絡を取って、管下の自動車修理工場……、とくにあまり規模の大きくない工場に重点を置いて、警備に当たって欲しいのです。人数はそう必要ありませんが、まんべんなく、どんな小さい店にも人員を配置するようにしてください」

「ふーん……」

陽一郎はまじまじと弟の顔を見た。すでに刑事局長の目になっている。

「かんたんではないぞ。岩手県下の自動車修理工場といっても、かなりの数だ」

「無理ならば県南地域だけでも結構です。いずれにしても、ことは人命にかかわることです。しかも、一刻を争います」

「分かった」

陽一郎はテーブルの上の電話を取った。インデックスで番号を調べ、ボタンを押す。深夜である。受話器の中のベルの音は、横で聞いている浅見が気がひけるほど、長く鳴っていた。出たのはどうやら夫人らしい。

「あ、夜分、恐縮です、警察庁の浅見と申しますが、ご主人はご在宅でしょうか？」

しばらく待たせて、先方が出た。「やあやあ」という、気さくな田舎風の挨拶《あいさつ》が聞こえてきた。岩手県警の谷口本部長は浅見刑事局長の同期なのだ。彼のほかにも同期生は数人いて、大抵は県警本部長クラスにいる。

陽一郎は挨拶を手短に済ますと、弟に電話を譲った。

——ああ、あなたが有名な探偵さんですか。

谷口本部長は陽気な声を出した。

——兄さんからときどき自慢話を聞かされておりますよ。

話の好きそうな男だった。浅見は適当なところで用件を切り出した。兄に言ったのと同じ内容の繰り返しだ。

——ほう、それはどういうことですかな？

「武上清作という人物が、修理工場の主人か、あるいは技術者に接触する可能性があります。それを現場で確保していただきたいのです」

——武上？　というと、何者ですか？

「先ごろ、心中事件があった、桜井夕紀の所属していた武上プロの社長です」

――ほうっ、桜井夕紀の……。しかし、その武上社長が何をやらかしたというのです？

「詳しいことをお話ししているひまはありません。ともかく、緊急にお手配願いたいのですが」

――うーん、と言われても……、それは何か事件なのですか？

「事件です。それに、ひょっとすると……、いや、おそらく殺人事件に繋《つな》がる可能性があるのです」

――殺人？　どうも、穏やかではありませんなあ。

谷口本部長はまだ切迫した状況を把握していないから、多少、懐疑的な口調だ。

陽一郎が浅見の手から受話器を取った。

「谷口さん、弟の言うとおりにしてやっていただけませんか。とんだ空振りに終わったような場合には、責任は私が取る。とにかく、事件の内容は伏せたまま、各所轄に指令を出してください。そうだな、自殺の恐れがある家出人の立ち回り先を抑える――といった趣旨で通達を出したほうがいいでしょう。詳細については、後ほど、弟がそちらへ伺ってご説明しますよ」

それでいいな――と、陽一郎は浅見を振り返り、目で尋ねた。浅見も頷《うなず》いた。

時刻は零時を少し回った。

(ひょっとすると、間に合わないかもしれない——)と浅見は危惧《きぐ》した。

武上がホテルに消えたのは午後七時。すぐ抜け出して車で行ったとすれば、岩手県に入るのは、早くても午前三時ごろか。警察の手配は十分、間に合う。しかし、もし新幹線を利用し、駅レンタカーを使えば、十一時には岩手県南部のかなり広い範囲に行ける。

浅見は武上が車で行ったことを祈った。もっとも、駅レンタカーを借りるようなことはないだろうとは思った。そんな夜更けにレンタカーを借りるのはよほど変わっている。先方の記憶にはっきり残るだろう。そんな危険を、あの用意周到な武上が冒すはずはないと信じた。

「さて、それじゃ、あらためて説明してもらおうか」

陽一郎が居住いを正して、言った。

「すみません、いろいろお騒がせしちゃったみたいで」

浅見はともかく、頭を下げた。

「なにを言ってるんだ、警察幹部としては感謝しなければならない立場だ。それに、何やら面白そうな話だしね」

「はあ」

浅見は何から話すべきか、頭の中で事件の筋書を纏《まと》めた。

「まず、これまでに警察が把握している事実関係をざっと話しておきます」

浅見はそう前置きして、ほとんど個条書のように、断片的にこれまでの経緯を語った。

七月二十六日、天城峠で轢《ひ》き逃げによると思われる死体が発見されたこと。

捜査の結果、七月十五日に、現場付近で事故を起こしたらしい車を、大学生が目撃していたことが判明したこと。

したがって、被害者は、当初の心証どおり、轢き逃げによって死亡したと確定し、当該事故車の探索に捜査の焦点が絞られたこと。

「以上が現在までの警察での捜査状況です」

「なるほど、『警察』での、と断わるところを見ると、きみには異論があるというわけか」

「そうです。第一に、大学生が現場の崖下《がいか》を覗《のぞ》いた時点では、死体らしい物に気付かなかったにもかかわらず、それから十日以上も経過して、中学生がたまたま覗いた時に、どうして気がついたのかが疑問です」

「つまり、その事故と轢き逃げ事故とはべつのものだったということかな?」

「ええ、そのとおりなのですが、しかし、解剖所見などからいうと、その時点で事故が起きていないと、辻褄《つじつま》が合わないのだそうです。詳しいことはいずれはっきりしますが、結論を言うと、とにかく、ぼくも警察のその判断は間違っていないと思います。ただし、事故はその現場で起きたものではなかった。大学生の目撃した事故は轢き逃げの犯人が事故の発生現場と日時を隠蔽《いんぺい》するための工作だったというのが、ぼくの解釈です。

その理由は、大学生に見えなかった死体が、後に条件が悪くなってから、無意識に覗いた中学生には見えた——という点が一つ。それから、被害者の手元に千社札が一枚も残っていなかったという、不自然さです」

「千社札? 何だい、それは?」

陽一郎は興味深そうに、鋭い視線を弟の横顔に向けた。

浅見は、被害者・小林章夫の千社詣《もう》でのことを説明し、三島から湯ヶ島にかけての社寺に貼られた千社札のことを話した。

「その二日間の行程では、到底、百枚の千社札全部を貼ることは不可能なのです。それにもかかわらず、被害者は一枚の千社札も持っていなかったというのは、何者かが、千社札を盗んだためであるとしか考えられません。二十万円あまりの現金に手をつけず、なぜ千社札なんかを盗んだのか……、そこにこの事件の第一の謎があると思いました」

「なるほど、面白いね。それで、警察はその点をどう見たのかな？」

「残念ながら、無関心といっていいような対応ぶりでした」

「どうして？……」

陽一郎は驚いた。

「単純に言って、小林氏が二日間で千社札を全部貼ったものと判断したのでしょう」

「ばかなっ……」

刑事局長は失望感を露《あらわ》に示した。杜撰《ずさん》というのではないのかもしれないが、警察の捜査がしばしば肝心のポイントを看過して、そのために目前の犯人を取り逃がした例は、それこそ枚挙にいとまがない。明らかに事件に繋がると判断できるような事実関係については、警察はきわめて緻密《ちみつ》な対応をするのだが、一見しただけでは、あまり関係なさそうな事象については、とかく配慮を欠きがちだ。陽一郎が顔を顰《しか》めるのも無理がない。

「ところで、小林氏の死体が発見された日からほぼ一ヵ月経った八月二十四日に、桜井夕紀がマネージャーの藤田による無理心中で死にました」

浅見は長い沈黙のあと、言った。

「うん、その事件なら知っているが……」

陽一郎は怪訝《けげん》な目を浅見に向けた。

「その事件が天城峠の事件と何か関係しているとでも言うのかい?」

「ええ、そうなんです。じつは、ぼくは桜井夕紀と、以前、ある雑誌で対談をしたことがあるのです」

「ああ、それなら私も読んだよ。なかなか内容のあるいい対談だった。あれを読んだかぎりでは、桜井夕紀という人、いまどきのタレントにしては、かなりしっかりした考えを持った娘さんだと思ったのだが」

「その印象は正しいと、ぼくも思います」

浅見は大きく頷いた。

「桜井夕紀は聡明で、若い割にはきちんと自分の立場を弁《わきま》えている女性でした。間違ってもああいう軽はずみな死に方をするような娘ではなかったと思うのです」

「しかし、あれは相手の男による無理心中だったそうじゃないか」

「いや、あの無理心中そのものがおかしいのです。いくらマネージャーとはいえ、若い男と二人だけで乾杯するというような危険な状況に自分の身を晒《さら》すこと自体、あり得ないことだと思えてならないのです」

「つまり、またしても、警察の判断が間違っているというわけかい?」

「ええ、あの心中事件は、間違いなく、第三の人物によって偽装されたものです」

「というと、殺人事件か」

「そうです」

「そう思う根拠は何だい？　桜井夕紀の性格的な理由だけでは薄弱だと思うが」

「もちろんです。第一の理由は、いま言った『二人だけの乾杯』という状況が不自然であるという点ですが、第二の理由として、藤田が書いたとされる『遺書』が挙げられます。遺書は詩のようなものです」

浅見はポケットから問題の詩を出して陽一郎に渡した。

「ここに『椿咲いていた』という文句があるでしょう。その『椿』というところには、本来は『桜』という文字が書いてあったのを、桜井夕紀が『椿』に書き直しているのです」

「ふーん、桜を椿にか。たしか、椿は彼女の好きな花じゃなかったかな」

陽一郎は記憶力のいいところを示した。

「そうです、だから書き直したのだろうと警察は見て、したがって桜井夕紀にも心中に対する任意性があったと判断したようですが、これはぼくは違うと思うのです。いやしくも神聖であるべき遺書を、鉛筆書きすることもおかしいし、それをかんたんに消して、書き直すというのは、さらにおかしい。それこそ彼女らしくありませんよ」

浅見は無意識に強い口調になっている。陽一郎はその弟を見て、微苦笑した。

「そして、さらに決定的な第三の理由があります。彼女は七月十五日にぼくの留守中に何度も電話をしてきて、明らかに何かを伝えたかった様子でした。残念ながらそれ以後、彼女から何も言ってこないまま、悲劇を迎えることになってしまったのですが、ぼくはその十五日の電話に重要な意味があったのではないかと思い、その前後の彼女の行動を調べてみたのです。その結果、七月十三日に、彼女の身に何か重大な変化が生じたらしいことが分かりました。その日、桜井夕紀はロケーションで岩手県大船渡に行っています。そこでぼくは大船渡へ行き、ロケの場所である長安寺という寺を訪ね、そこで思わぬ発見をしたのです」

「なるほど、小林章夫氏の千社札があったのだね？」

いきなり言われて、浅見は「えっ？」と驚異の目で兄の顔を見つめた。

「どうして……、いや、驚いたなあ、よく分かりましたねえ」

「そんなことは、前後の関係や、それにきみの自慢げな口調から察しがつくさ」

陽一郎はこともなげに言った。

「第一、そうとでも思わなければ、千社札がどこへ消えたかの説明がつかないじゃないか」

「うーん、まさにそうなんです。小林氏は七月十三日には大船渡に着いて、市内の社寺を手はじめに、国道一〇七号を西へ向かって巡礼の旅をしていたと思われるのです。ところが、小林氏の足跡は大船渡市から隣の住田町へ抜ける白石トンネル付近でプッツリと途切れていました」

「そこが轢き逃げ事故の現場か」

「参ったなあ、そうズバリズバリと言い当てられちゃ、これから先を説明する意欲が失せちゃいますよ」

「そうか、悪い悪い、それじゃ、これから先は黙って聞くようにするよ」

兄と弟は低い声で笑い合った。

「ぼくが推測したところでは、小林氏が徒歩でその付近を通過したのは、七月十三日の夕方から夜に入ったころではないかと思います。ところが、その場所は、遠野へドライブに行った桜井夕紀と藤田マネージャー、それに武上社長の乗った車が大船渡へ帰ってくるコースに当たっていて、彼等の推定通過時刻とも、ほぼ一致した可能性があるのです。三人は夕食までに間に合うようにホテルに帰ると言って出掛けたそうですから、少し遅れて、ちょうどその頃、白石トンネル付近にさしかかったとしてもおかしくありません。そして、慣れない道で不幸にも運転を誤り、トンネル内を歩いていた小林氏を撥《は》ね、死亡させてしまったものと考えられます」

「なるほど」

「その時、誰がハンドルを握っていたのかは分かりませんが……」

浅見が言い淀《よど》むのを、陽一郎は少し皮肉な目で見た。

「いや、そんなことはないだろう」

「は？」

「ハンドルを握っていた人間が誰かは、きみには想像がついているはずだ」

「……」

浅見は黙った。

「きみのそういうところは、まだ甘いな」

陽一郎はかすかに笑って、「しかし、それが私と違う、きみのいいところだがね」

と付け加えた。

（かなわないな――）と浅見は苦笑しながら、兄の視線を眩《まぶ》しく感じていた。

「いずれにしても、武上としては、まず何を措《お》いても事故を隠蔽することを考えたにちがいありません」

浅見は気を取り直して、言った。

「これは仮定でしかないのですが、武上はロケの合間に、小林氏が長安寺の境内で千社札を貼っているのを目撃したのかもしれません。長安寺では、小林氏は境内の大銀杏《おおいちょう》の幹に千社札を貼っているのですが、それはたぶん、武上にとって印象に残る風景だったことでしょう。ひょっとすると、ぼくが住田町の寺で巡礼の老人に出会った時そうしたように、声をかけて巡礼の目的なんかも訊いたのかもしれない。とにかく武上は被害者がその人物だったことを知り、そのことから咄嗟《とっさ》に、事故隠蔽のトリックを考えついたのだと思いますよ」

話しているうちに、浅見には事故当時の現場の状況から武上の心理状態までが、ありありと見えるような気がしてきた。

2

武上の「隠蔽工作」についての浅見の推論は、次のようなものであった。

事故が発生した時、武上はとりあえず「巡礼者」の死体をどこかに隠し、車の修理を藤田に命じた。

「金はいくらかかってもいいから、敏速に修理をするよう頼みこめ」と、ともすれば怯《ひる》みがちの藤田を叱咤《しった》激励したであろう武上の、悪鬼のような形相が目に浮かぶ。

その場合、どこの修理屋に持ち込むかが、かなり難しい問題だったにちがいない。時間が時間だから、シャッターを下ろした工場が多いだろうし、なまじ大きな店だと、話が厄介なことになりかねない。なるべくなら、内密に、記録にも残らないように作業を引き受けてくれるようなところが望ましい。そして、何より迅速が第一だ。見た目には事故があったことなど分からない程度に、塗装も施して、それで、二、三時間でやってくれることが条件だ。人間は死んだが、車の外観上はそれほどの大事故ではなく、応急修理は短時間で済んだかもしれない。

車が直ってくるあいだ、武上と桜井夕紀はドライブインかどこかで、ひっそりと隠れるようにして待機していたのか。

車が戻ると、武上たちはトランクに死体を隠し、何食わぬ顔でホテルに戻った。もっとも、同乗している桜井夕紀は失神寸前だったにちがいない。

十四日のロケを終了し帰京すると、武上は別の車に死体を積み替え、伊豆へ向かう。七月十五日、武上と死体の乗った車は、伊豆天城峠を越える大学生のグループを天城トンネル付近で追い越し、直後、トンネルの反対側出口付近で、テープに吹き込んだ効果音を鳴らして、交通事故があったことを彼等に印象づけ、「事故現場」にヘッドライトの破片を撒《ま》き散らして走り去った。ヘッドライトはトヨタマークIIのものだったそうだが、これがはたして「事故車」のものかどうかは疑わしい。どこかのポンコツ車か、ゴミ捨て場から失敬してきた破片を、路上に撒き散らしたのかもしれない。

その「事故」のあった翌日か二日後、武上は天城峠の「事故現場」の崖下に死体を投棄する。いずれ死体が発見されることは覚悟の上だが、あまり早く発見されては、死亡日時が特定されてしまうので、ある程度の間を取る必要があったはずだ。

その間、武上は三島から湯ヶ島にかけての社寺を回って、小林章夫の千社札を貼ることに専念した。もっとも、僅《わず》か一日二日では貼る枚数も高が知れている。それに、人に見られては具合が悪いので、参拝者のいないような、しかも車の便のいいような場所と時間を選んでの作業だから、なおさらである。それでもなんとか、「小林章夫の足跡」を伊豆の地に残すことができた。

あとは誰か「善意の第三者」によって、死体が発見されるのを待つばかりだ。

そうして、十日後の七月二十六日、死体は通りかかった中学生によって発見され、警察は七月十五日の「轢き逃げ車」を割り出し、追跡を開始した。まさに武上の仕掛けた筋書どおり、警察は事故の発生日時も場所も、さらに事故車の車種も誤認した状態で、修理工場を洗い続けていたのだ。十三日に修理した車を、十五日以降に修理した車両を対象にして洗い出そうとしても、永久に発見できっこない――。これが武上の仕掛けたトリックだった。

だが、武上の必死の隠蔽工作にもかかわらず――というより、彼にも予測がつかなかった手落ちがいくつかあった。

その一つは大船渡の社寺に貼られた千社札を、剝《は》がさないままにしてきたことだ。

しかし、武上にしてみれば、よもやそんなものから足がつくとは考えられなかったのかもしれないし、そんな胡散《うさん》臭い行動を目撃されたりすれば、かえって怪しまれるおそれがあると思ったのかもしれない。

二つ目は、小林の千社札をすべて持ち去ったことと、その千社札の貼り方である。小林は人目を避けるような場所に、ひっそりと貼っている。ところが、武上は一般的なやり方を真似て、ごく目立つ場所に麗々しく貼ってしまった。これまたなんでもないことのようで、実際、武上はあまり深く考えもしなかったのだろうが、これによって浅見の疑惑を呼び覚ます結果になった。

そして、致命的だったと思われるのは、桜井夕紀と藤田マネージャーの叛乱《はんらん》である。夕紀は事故のことで悩みに悩んだにちがいない。そして浅見に相談しようと、何度か電話してきた。だがいずれの時も浅見が不在で連絡を取ることができなかった。しかも、最後には、電話をしているところを武上か藤田に察知されたと思われる。浅見の母親と話し中に電話を切られたのがそれではなかっただろうか。それから後は当然、武上と藤田の監視の目が厳しかっただろう。

とはいっても生身の人間を、四六時中、監視下に置くことは不可能だ。桜井夕紀がノイローゼ状態になって、警察に駆け込みでもしたら、ひとり桜井夕紀ばかりか、武上自身の破滅でもある。そこへもってきて、藤田までが反旗を翻した——と浅見は読んだ。

桜井夕紀と藤田の「心中」事件に関しては、結局、この藤田の造反が、武上の犯意を決定づけたのではないだろうか。藤田がどのような条件を武上に突きつけたかは、当の武上に聞くまでは推測するしかないが、一切の秘密に関与している立場と、それまで、タレントのおツキとして、下積みの日々を送っていた忍従の鬱憤《うっぷん》を想像すれば、藤田がかなりエゲツない要求を提示したとしても不思議はない。

そうして追い詰められた武上は、「心中劇」のシナリオを書くことになる。それは、掌中の珠《たま》であり金の成る木である桜井夕紀を犠牲にせざるを得なかった武上の苦しみ抜いた挙句の決断だったにちがいない。「自分が死にたいくらいだ」と言っていた武上の言葉は本音だったろう。

桜井夕紀の部屋で乾杯した「第三の男」は武上清作だったのだ。武上ならば、桜井夕紀とともに藤田の誕生日を祝って、乾杯の音頭を取っても不思議はない。グラスとワインを藤田に買いに行かせることもできる。

藤田にグラスを「二個」買いに行かせたというのは、「心中劇」のシナリオでは重要な部分だ。藤田はよもや、そのグラスが自分を殺す凶器になるなどとは思いもしなかっただろう。言われたとおり、高級なワイングラスとワインを買い、いつもどおりに領収証を受け取った。そのグラスとワインで乾杯して死ねば、誰だって「心中」と思うだろう。

乾杯の際に、武上がどのようにして毒入りワインを二人に飲ませたかは、本人に訊《き》いてみないと分からない。武上はもう一本のワインを用意していたとも考えられる。むろん、毒入りのボトルだ。二人の若者にはそのボトルからワインを注ぎ、自分の分はもう一本のほうから注いだのかもしれない。

ともかく、死の乾杯シーンを無事（？）演じ終えた武上は、毒物の容器であったカプセルやボトルに藤田の指紋だけを付け、自分のグラスなど、第三者がいた痕跡《こんせき》を消して部屋を去った。

現場は密室でもなんでもない。

「心中」の発見者は武上だったのだから、もし警察が武上を怪しいと疑えば、第一の容疑者は彼であった。

実際、警察は念入りに武上に事情聴取を行っているはずだ。だが、武上には殺害の動機など、どこをつっ突いてもありはしない。それどころか、桜井夕紀を失ったことは、武上にとってまさに「自分が死にたいくらい」の損失なのであった。

武上は「心中」をより完璧《かんぺき》な舞台に仕立てるために、美しい遺書も残した——と浅見は考える。武上は自分の作った歌詞のメモを藤田に清書させた。もしかすると、その際、桜井夕紀が歌う新曲の歌詞だと説明したのかもしれない。それがあの「夢の国へ」の詩なのだ。その詩を見て、夕紀は「桜」を「椿」に直した。べつにどうということのないちょっとした改竄《かいざん》だ。だが、それは見方によってまったく異なる解釈をなされた。警察はそれを、「心中」について桜井夕紀にも任意性があったと感じた。浅見の場合には、その「遺書」がじつは遺書ではないのではないか——という疑惑を惹《じゃっ》起《き》したのだし、夕紀が何か自分に向かって呼びかけているようにさえ感じたのであった。

長く複雑な話で、論旨はしばしば纏《まと》まりを欠いた。要所要所で陽一郎の質問が入り、全部の話が終わった時、時計の針は午前一時を回っていた。

「では、ぼくは岩手へ向かいます」

浅見は席を立った。

「そう急ぐこともないだろう」と陽一郎は言った。

「警察に任せておけばいい」

「ええ、岩手県警の手配を信用しないわけではありませんが、『自殺の恐れがある』というだけでは、それほど熱意のある対応をしてくれない可能性もありますからね」

浅見は少し言いにくそうに言った。警察は事件に対しては敏速に行動を起こすが、家出人の捜索や、これから自殺するかもしれない——といったケースに対しては、動きが鈍いという習性がある。

「それに、正直なところ、武上がほんとうに岩手へ向かったのかどうか、一抹の不安がないわけではないのです。とても、のんびり待っていられるような心境ではありませんよ」

「そうか」

陽一郎は頷《うなず》いたが、部屋を出ようとする浅見の背中に向けて、「ちょっと待て」と言った。

「一つだけ分からない点がある」

「何でしょう？」

「今夜、武上が岩手へ向かったということだが、それは何かの間違いじゃないのか？」

「いえ、ぼくの勘では、ほぼ間違いなく、武上は岩手へ向かったと思います」

兄の鋭い視線を受けて、浅見は狼狽《ろうばい》しながら、答えた。

「それはつまり、修理工場の人間を消すためだと、きみは言うのだろう？」

「そうです」

「しかし、武上はなんだって、いま、この時期に、そんな危険なことをしなければならないのだい？」

「それは、つまり、その男の口から大船渡での事故の一件がばれることを恐れたからだと思いますが」

「どうしてだい？　どうしてそんな心配をする必要があるのかな？　修理をした人間が轢き逃げ事故の真相を知っていることを恐れたのだろうか？　修理屋が真相を知っていると思うだけの、何か根拠なり兆候なりがあったということかな？」

「そうだと思います。修理屋が、藤田から事故のことを聞いている危険性は十分、あると思ったのではないでしょうか。あるいは、天城峠の事故のニュースや、心中事件を繋《つな》ぎ合わせて、当てずっぽうで事故のことを察知したとも考えられます」

「かりにそうだとしてもさ、とつぜん武上が行動を起こしたからには、それなりの差し迫った理由があってしかるべきだと思うがね」

「それはたぶん、修理屋がすでに脅しをかけたからではないかと、ぼくは考えているのですよ、武上の怯《おび》えた様子は、ただ事とは思えませんからね。彼は間違いなく恐喝されていますよ」

「ふーん、当てずっぽうで恐喝をねえ……」

陽一郎はいささか饒舌《じょうぜつ》すぎる弟の顔にチラッと視線を送った。

「それにしても、そういう事情をきみがキャッチできたというのが不思議だな」

「………」

「もしきみが超能力者でないとすれば、その理由は二つしかないな。脅迫者の電話を盗聴したか、あるいは、きみ自身が脅迫者を演じたかのいずれかだね」

浅見は嬉《うれ》しくなって、ついニヤニヤと笑ってしまった。

この兄の慧眼《けいがん》はどうだ――。

日本警察の刑事機構の頂点にこの兄がいることを、浅見は誇らしく思った。

3

深夜だが、明日と明後日、二日続きの休日を前に東北自動車道を下る車の数は、ふだんの日よりかなり多い。どの車もスピードオーバーで突っ走る。その流れに身を委《ゆだ》ねるように、武上もアクセルを踏みつづけた。

いくつもある高速道路の中で、武上は比較的にこの東北道が好きだ。とくに春、東京の桜が散った頃にこの道を北上すると、宇都宮を越える辺りから満開の桜にお目にかかることができる。さらに進めば、まだ三分咲、固い蕾《つぼみ》と、桜前線の進行ぶりを確かめることになる。農家の庭先に幾条にも翻る鯉幟《こいのぼり》と桜の共存する風景を楽しめるのも、この道路ならではのものだ。

いまは秋の初め。沿道は闇の底である。古河《こが》の鉄橋で利根《とね》川を渡ると、町の明かりは急に遠くなった。空しい想いと、恐怖とに、ともすれば沈み込もうとする気持ちを、武上は掻《か》き立て、奮い立たせ、精神のすべてを憎悪と殺意に駆り立てようと念じた。

武上の耳には「岩手の男」の鈍重な声音がこびりついていた。

――桜井夕紀さん、死にましたね。マネージャーさんも死にましたね。藤田さんが死んでも、車は走りますか？

平板な、湿った声であった。

繰り返し、執拗《しつよう》に呼び掛ける。陰鬱《いんうつ》な悪魔の囁《ささや》きであった。

――ヘッドライト、安かったなす。あれだば、じいさんの葬儀代にもなんねえすな。

（どうしてあの年寄のことを知っているのだろう？――）

そのことが武上には謎であった。しかし、とにかくヤツは、天城峠で起きた小林という老人の轢き逃げ事故を、あの時の修理に結びつけて考えていることはまちがいない。

ひょっとすると、藤田がそれらしいことを洩《も》らしたのかもしれない。

あるいは、偶然、天城の事故のことを知って、なんとなく連想したのかもしれない。警察が事故車の手配を行えば、当然、七月十五日の事故の情報を知るわけだから、そういう連想が生じる可能性はある。

藤田が夕紀と心中した事件のニュースで、あの時の客が藤田であることを知れば、そういう推理がはたらくことも考えられなくはない。

いまさら悔やんでみても詮《せん》ないことだが、なんだって桜井夕紀に運転などやらせたのだろう。いや、それよりも、あの老人があんな山道をトボトボと歩いてさえいなければ、何事も起こりはしなかったのだ――と、武上は身の不運を呪った。

それにしても、ひとたび犯してしまった犯罪が、次々に連環してゆくことの恐ろしさを、武上は身にしみて思った。最初の轢き逃げ事故の段階で警察に届けていれば、桜井夕紀と藤田を殺すこともなかったし、「岩手の男」に脅されることもなかったのだ。

しかし、あの事故を届ければ、その時点で桜井夕紀は破滅しただろう。いや、武上プロそのものの存立が危うかったにちがいない。

あの時のあの処置は正しかった――と、その部分については武上に一片の後悔もなかった。

もっとも、あの老人が千社札を納めて歩く巡礼であり、地元の人間ではなかったからこそ、ああした離れ技を思いついたのだ。そして事実、あの隠蔽《いんぺい》工作そのものは成功した。かりにいま同じ状況が生じたとしても、おれはやはり同じ処置を取るだろう――と武上は確信している。

あとは「岩手の男」を消して禍根を絶ってしまいさえすれば、完全犯罪は完璧なものになるはずであった。

武上の胸の中では、「岩手の男」への憎悪の炎がただひたすらに燃えさかっていた。一関《いちのせき》のインターを出た時、三時近かった。なんとかして夜明け前には修理工場を探し当てたい。

武上はその工場が何という名前なのか聞いていない。いや、聞いてはいるが忘れたのかもしれない。ただ、陸前高田《りくぜんたかた》市の市街地を出はずれた場所にある、「工場」とも呼べないような零細な修理屋——ということは記憶していた。

藤田の話では、工場の二階に部屋があって、「ヤツ」はそこに住み込みで勤めていると言っていたそうだ。若くて調子のいい男で、十万円をチラつかせたら、すぐに話に乗ったと藤田は言っていた。伝票に記載しないバイト仕事でやったということだったから、ヤツにしても、何やら胡散《うさん》臭い事故であることは、その時点で察しがついていたのかもしれない。

事故の損傷はヘッドライトの破損と、フェンダー部分の凹みと塗装が剝《は》がれた程度のものだった。車の方はそれで済んだが、老人は確実に五メートルは撥《は》ね飛ばされ、トンネルの壁に激突して転がり、駆け寄った時には目の玉を剝《む》いて絶息していた。

あの瞬間のことを思い出すと、冷汗が流れる。夕紀はハンドルにつっ伏して、ガタガタ震えていた。武上自身、どうやって老人をトランクに運び込んだか、ほとんど記憶していない。怯《ひる》む藤田を励まして、無我夢中で動き回った。

もしあの時、一台の車でも通りかかっていたら、事態は一変していただろう。幸か不幸か、彼等が作業をするあいだの何十秒か何分かの間、あの街道には人影はもちろん、車の通行すら途絶えていた。

幸いなことに、車には人身事故であることを示すような、血痕《けっこん》などの付着物が何も付いていなかった。とはいえ、専門家が見れば、それが対物事故か人身事故かの見分けぐらいはついたのかもしれない。それを黙過して作業を引き受けたというのは、十万円に目が眩《くら》んだためとも考えられる。だとすれば、その時点ですでに、今日の恐喝があることは予測できたともいえる。

(畜生!——)

武上はまだ見たこともない相手に向かって、呪詛《じゅそ》を投げつけた。

目的地に近づけば近づくほど、殺意はいよいよ固まってゆくように思えた。それどころか、戦意の高揚にも似た武者震いを感じるのだ。

(おれには根っから、犯罪者の素質が備わっているのかもしれない——)

そんなことを、武上はふと思った。そういえば、三島から湯ケ島まで、千社札を貼って回った時にも、何か得体の知れぬ快感のようなものを感じたのだ。それはまるで、子供のころのひそやかな悪戯《いたずら》を連想させた。誰にも知られてはならないことを、そのくせ、誰かに誇示してみたい、ドキドキハラハラした興奮であった。

考えてみると、事故の隠蔽を思いついた瞬間に、武上は天城峠を「もう一つの事故」の現場に想定していたのだ。たぶん、幼いころから親しんだ天城峠が白石峠のイメージとダブッたのかもしれない。そしてその時、隠蔽工作を思いつくのと一緒に、古い手鞠《てまり》歌を聞いたような気もした。

「あれ見やれ、向う見やれ、六枚屏風《びょうぶ》に双六《すごろく》……」と、人の目を逸《そ》らせ、手鞠遊びの手元を狂わせるいたずらっぽい歌を、たしかに武上は、老人の重い体を運びながら、心のどこかで唄《うた》っていた記憶があった。

天城峠に死体を棄て、人の目を逸らせる工作は、武上の思惑どおりに成功した。

だが、武上はあの夜、峠路で谷へ向かって死体を投げた瞬間、懐かしい天城峠を冒《ぼう》瀆《とく》した罪に戦《おのの》いた。

その想いは、あの死体から湧き出る強烈な腐敗臭のように、この体に生涯つきまとうにちがいない。

一関の市街地を抜け出る道路際に、パトカーが赤色灯をクルクル回して停まっていた。パトカーの傍には警察官の姿も見えた。パジャマ姿の男と路上で話し込んでいた。

（何か事件でもあったのかな？──）

一瞬で通過したが、武上は気になった。こういうのが犯罪者の心理というものかもしれない――と思った。

しばらく行った先でも、また同じような風景に出くわした。そして、警官が自動車修理工場から現れるのを見て、最前の場所にも修理工場の看板があったことを想起した。

何か不吉な感じがした。これもまた、犯罪者の本能的な嗅覚《きゅうかく》ではないか――と、武上は思った。

気にするせいか、国道沿いに警官の姿がむやみに目についた。この時刻にこれだけ多くの警官を見掛けることはめずらしい。やはり何か事件が発生して、緊急の配備についているとしか思えなかった。

(まずいな――)

武上は困惑した。これから人殺しをしようというのには、望ましい環境でないことはたしかだ。

だが、いくつかの町を通過し、気仙沼《けせんぬま》市域に入ってゆくと、警官の姿はバッタリ見えなくなった。気仙沼市付近には、修理工場の数は多いが、べつに変わった様子はない。

(なんだ、気のせいか――)

武上は自分の小心を笑った。幽霊の正体見たり――だと思った。気仙沼市が宮城県であって、岩手県警の緊急手配とは無関係の地域であるという事情など、武上は知るすべもなかった。

国道二八四号――気仙沼街道は一関から東進して、気仙沼で国道四五号に合流する。そこから北へ十五キロほどで県境を越え、岩手県陸前高田市に入る。この辺りはしばらく海岸付近を通る。右手、海の上の空の色が白みはじめた。

武上は焦って、アクセルを踏む足に力を加えた。

川下建次《かわしたけんじ》が警察官の訪問を受けたのは、午前二時ごろであった。もちろん眠い盛りで、相手が警官でなければ怒鳴りつけたいところだった。

「こんな時間に申し訳ない」

警官は一応、詫《わ》びを言ったが、修理工場の若者を相手に、心を籠《こ》めて謝っているのかどうか、あやしいものだ。だいいち、川下の勤めているこの工場は、違法な車体改造をしたかどで、過去に二度も摘発を受けている。川下自身、警察に連行されて取り調べられた経験を持つ。そういう関係で顔見知りだが、おたがい、あまりいい心証を持つ間柄ではなかった。

「何かあったんすか？」

川下は眠い目をわざと大袈裟《おおげさ》にこすりながら、ぶっきらぼうに訊《き》いた。

「あんた、武上という人を知ってますか」

警官は言った。

「知らねえすよ、そんな人。プロ野球の監督にそんな名前の人、いねかったすか？」

「それとは違う。東京の人だそうだが、心当たりはないですか」

「ねえすね」

「ここにいるのは、あんただけかね？」

「ああ、住み込みはおれだけです。社長はべつの家に住んでますから」

「そうか、だったら社長さんが知っているのかもしれんな」

警官は背後の同僚と何やら相談していたが、もし武上という男の人が現れたら、警察に連絡するようにと、電話番号を書いたメモを渡した。

「その武上とかいう人、何なんですか？」

川下は訊いた。

「いや、よく分からんが、自殺の恐れがあるのだそうだ。おたくとは関係ないかもしれないが、そういうことだから、よろしく頼みます。またあとで来ますよ」

最後だけ、きちんと挙手の礼をして引き上げていった。

（知るか、そんなもの——）

川下は警官の後ろ姿に向かって舌を出すと、鍵《かぎ》をかけ、ベッドにもぐり込んだ。

だいたい、自殺したいやつには、勝手に死なせればいいのだ。世の中の連中は他人のやることに口を挟みすぎる。ガキでもあるまいし、死ぬには死ぬだけの理由があるのだろう。それを邪魔したら、かえってそいつは困るんじゃねえのか？——だけど、手前で死ぬなんて、いい度胸してるよなあ。それだけいい度胸していて、なんで死ななきゃならねえんだ？——。

とりとめのないことを考えながら、いつのまにかウトウトと眠ったと思ったら、またドアを叩《たた》く音がした。

（ちぇっ、まだ五時前じゃねえか。あのおまわりの野郎——）

川下は狸寝入りを決め込もうとしたが、そうもいかない。

しぶしぶ起きだして階下に下り、ドアを開けると、中年の男が立っていた。そう大柄ではないががっしりした体軀《たいく》だ。ネクラっぽい顔をして、こっちをじっと見ている。思い詰めた様子がなんだかふつうではない。

「あんた、武上さんですか？」

当てずっぽうで訊いてみた。

「どうして知っている？……」

男は驚いて逆に問い返した。

「ちょっと聞いたもんでよ」

「そうか、それじゃ、やっぱりあんただったのか」

「やっぱりって、何が?……」

「電話したんだろう?」

「違うのか……」

男は戸惑った。川下には何のことか分からなかったが、ともかく、この中年男が警察の探している「武上」という人物であることは間違いなさそうだ。

「あんた、武上さんだったらよ、あんたを警察が探していたよ」

「警察?……」

男はたじろいだ。

「警察が来たのかね」

「ああ、また来るとか言ってた。だけどあんた、妙な考えはやめたほうがいいよ」

「なにっ……」

「人間、死んでしまったらおしまいだもんなや。死ぬつもりなら、何だってできるんでねえか? このまま東京さ帰ったほうがいいすよ。警察には黙っておくからよ。おれは警察は大嫌いだもんね」

川下は心底、親切心で言った。

（何だ？　これは？――）

　武上は混乱した。

（このむやみに素朴な親切男は、いったい何を言っているのか？――）

「その死ぬとかいうのは、どういう意味ですか？」

「警察がそう言ってたすよ。あんた、死ぬつもりだそうでねえすか」

「？……」

　こわばっていた表情が一転して、武上は口をポカンと開けた。

（警察がおれを探している――。それも自殺志願者としてだと？――）

　何がどうなっているのか、いよいよわけが分からなくなってきた。

「ここにいるのは、あなただけですか？」

　気を取り直して、武上は訊いた。

「ああ、おれ一人だけど、隠れるところはねえすよ。すぐに行ったほうがいいすよ」

　どうもピントがずれた答えが返る。

「いや、隠れるつもりなんかありませんよ。ただ単に、夜、ここにいるのは、いつもあなただけかと訊いているだけです」

「ああ、そうすよ。昼間だって、おれのほか社長がいるだけだもんね。社長は自分の家のほうさ帰ってしまうから、夜はいつもおれ一人ですよ」

(条件はぴったりだがな――)

藤田が言っていた「陸前高田市の市街地を出はずれたところにある零細な工場――」という形容にぴったりの修理屋はここ以外にはなさそうなのに――。

「だけど、あんた、なんでこんなとこさ来たんかね?」

武上が黙っているので、青年は催促するように質問を投げて寄越した。

「それは、ある人を探しているのだが、そうですか、そうすると、ここではなかったのですねえ」

武上はこの素朴な青年が「恐喝者」でなかったことに、ほっとしながら答えた。肩から力が抜け、表情が和らぐのが自分でも分かった。東京からここまで、一直線に「殺し」だけを考えてやってきた男が、殺しのターゲットに出会えなくてほっとしていては具合が悪いのだが、それは武上のいつわらざる実感であった。

「探しているって、うちみたいな修理屋をかね?」

青年は訊いた。

「そう、こういう感じのね。陸前高田市の高田街道沿いの郊外にあるっていうことは分かるのだが、名前は知らないのですよ」

「この辺りだったら、うちしかねえすけどねえ」

「やっぱりそうですか」

武上は自分の確信が当たっていたことを知ったものの、殺意はおろか緊張感すらも蘇《よみがえ》らなかった。何か根本のところで、重大な錯誤を犯していることが、しだいに飲み込めてきた。

（そうだ、恐喝など、ありはしなかったのだ——）

そう思うしかなかった。「岩手の者」と名乗った人物に踊らされただけなのだ——。

それを確かめるには、この修理屋の男に七月十三日の夜、ブルーのセドリックの修理をしたかどうかを訊けばいいのだが、それはできない。いや、する必要もないと武上は思った。

物憂い絶望感が襲ってきた。

「岩手の男」が何者か、おぼろげながら、武上には分かるような気がした。浅見某とかいう、あの優男の私立探偵に警察を動かす力があるとは思えなかったけれど、逆に警察がこんな奇妙な細工をするはずもない。

武上は修理屋の青年に向けていた顔を背後にねじ向けた。明けそめる風景の中に、あの男の存在を見つけようと試みた。

国道のはるか彼方《かなた》から、パトカーがやってくるのが見えた。赤い灯火が薄明かりの中で頼りなげに点滅している。

「行ったほうがいいすよ」

青年もパトカーに気付いて、言った。

「そうしましょう」

武上は「どうも」と短い挨拶《あいさつ》を残して、車へ急いだ。

走りながらバックミラーを見ると、パトカーが修理工場の前で停まり、車から飛び出た警官がこちらを見ながら工場に近づくのが見えた。

時間の問題だ――と思った。いくら気のいい青年でも、たったいま走りだした車の素性を隠しおおせるはずがない。

武上は少し行ったところにある倉庫の脇の空き地に入って、車を停めた。

案の定、ほんの少し遅れただけで、パトカーがサイレンを鳴らしながら、猛スピードで走り抜けて行った。

それを見送ってから、武上はパトカーとは逆の方向へ走った。

国道と岐《わか》れて、見憶《みおぼ》えのある風景だと思ったら、いつのまにか碁石海岸付近を走っていることに気付いた。ロケーションで使った松林が展開している。あの松の木々のあいだを縫って、静御前の扮装《ふんそう》をこらした桜井夕紀が走ったのは、まだ二カ月ほど前のことだ。

武上は誰もいない駐車場に車を停めた。すっかり明るくなった景色の中で、松林の中だけに闇が残っている。じっと瞳《ひとみ》を凝らすと、そこに静御前の姿が見えるような気がした。

ふいに涙が込み上げてきた。

（ほう、このおれが泣くか――）

武上は驚きながら、頰を伝う涙を拭《ぬぐ》いもしなかった。

4

浅見が陸前高田市に到着したのは、午前九時近くであった。岩手県警とコンタクトを取った際に、陸前高田市郊外の『佐藤商会』という自動車修理工場に「武上」らしい人物が現れたという報告を聞いた。

陸前高田市――というのは、浅見にはちょっと意外な名称だったが、地図で確かめると、住田町から真南へ下る「高田街道」というのがある。事故があったと思われる白石トンネルからは、大船渡を別にすれば、最寄りの都市が陸前高田市であった。

修理屋の従業員・川下建次は、早朝から警察官の監視下に置かれて、腐りきっていた。監視している警官のほうも、いったい何があったのか知らされていないから、浅見を迎えてもあまりいい顔はしない。

「武上とかいう人の車は、高田街道を北へ向かったことは確かです。直ちに追尾したのですが、見失いました」

パトカーを運転した巡査は、気張って答えた。

浅見は地図を広げて、武上と思われる人物が修理屋を立ち去った時刻と、車が去った方角を確認した。

武上が消えてから、すでに四時間を経過している。修理屋が目撃したところによると、武上の車は白いローレルだったそうだ。岩手県警は主要道路に検問を立てているのだが、いまだに、当該車両を確保したという情報は入ってきていない。

「いったい、その武上とかいう人は、何で自殺なんかするのですか？」

巡査は口を尖《とが》らせて訊いた。そもそも自殺志願者に対して、これほどの過剰配備をするというのが前代未聞なのだ。

「それは本人に訊いてみないと分かりません」

浅見はとぼけた。

「はあ……」

巡査は不満である。だいたい、浅見とかいう男が、どういう権限があって警察の仕事に介入しているのか、分からないのも面白くなかった。交通課長からは、ただ「浅見という人が来るまで、修理屋を確保しておけ」とだけ命じられている。

「それでは、われわれはもう署へ戻りますが、構いませんね？」

「そうですね……、もうここにおられても武上が現れることはありませんから、お引き取りになってもいいでしょう」

巡査は（なんのこっちゃ——）という顔をして、それでも一応、本署に連絡を取ってから、引き上げて行った。

「まったく、仕事にも何にもなりやしねえすよ」

川下は鬱憤《うっぷん》をぶちまけた。

「まあそう言わずに、もう少し協力してください」

浅見は若者の機嫌を取るような言い方をした。

「協力って、何をやればいいんですか？」

「武上という人物が逃走したのはどっちの方角かを聞かせてください」

「知らねえすよ、そんなこと。警察が追っ掛けていったんだから、警察に訊いたらいいんでねえすか」

「なるほど、あなたは義理がたい人のようですね」

浅見は前屈《まえかが》みになると、工場の社長に聞こえないように、声をひそめて言った。

「川下さんは、七月十三日の夜のことを憶えていませんか？」

「七月十三日？……、何ですか、それ？」

「憶えていませんかねえ。夜の七時頃、ブルーのセドリックが持ち込まれて、前の部分を修理したのじゃありませんか？」

「えっ？……」

川下は薄気味悪そうに、身を反らせた。

「何のことです？　それ……」

「いや、べつにそのことをどうのこうの言うのではありませんから、心配しないでください。その時、あなたが修理代としていくら貰《もら》ったかなどというのは、どうでもいいことなのです」

「あんたねえ……」

川下は慌てて、社長のいる方角に視線を送った。

「脅かしたって、おれは平気ですよ。こんな会社、いつだって辞めてやるつもりなんだからね」

「ぼくはそんなことを言っているのではありませんよ」

浅見はニコニコ笑いながら、言った。

「ただね、もしかすると、あなたは轢《ひ》き逃げ事故と死体遺棄事件の共犯者になりかねないので、心配してあげているのです」

「轢き逃げ？……」

川下は青くなった。

「それじゃあ、あの事故はやっぱ、死亡事故だったのですか？」

「そうですよ、あなただって、人身事故であることは分かっていたでしょう？　だとすると、共犯関係は免れないかもしれない」

「じょ、冗談じゃないすよ」

「そう、冗談ではないのです。もしあの武上という人物が死ねば、あなたの無実を証明してくれる人はいなくなってしまうのですからね」

「そんな……、ひどいよ、そんなの……」

「だから、武上氏が死なないうちに、ぼくは彼に会わなければならないのです」

「分かりましたよ」

川下は観念したように指を差した。

「あっちへ行きましたよ。パトカーが追っ掛けて行ったのを、どこかで撒《ま》いて、Uターンしてきたのでねえかな。警察は反対の方角を追ってるんだものね、捕まるわけがねえすよ」

川下が「あっちのほう」と指差したのは、むろん陸前高田市の市街地の方角である。

浅見は地図を開いて困惑した。陸前高田からは四方へ国道が延びる。しかも、陸前高田市を南へ抜ければ、まもなく宮城県に入って、そこはもはや、岩手県警の手配の及ばない地域だ。西へ行けば一関市、東へ行けば、すぐに海岸線にぶつかり、北上すると大船渡へ行くことになる。

どの道を選んだのか——。

広げた地図に見入ったまま、さすがの浅見も方向を決めかねた。

「あの武上とかいう人」と川下が脇から覗《のぞ》き込んで言った。

「自殺するんでここさ来たのだったら、碁石海岸さ行ったんでねえすか？」

「ん？……」

浅見は川下を見返った。

「まず間違えねえすよ」

たったいま、震え上がっていた青年の顔が、妙に頼もしげに見えた。それと同時に、青年の言葉にある自信に満ちた響きが、今度は逆に、浅見を震え上がらせることになった。

浅見は青年に短い礼を述べると、佐藤商会を飛び出した。

陸前高田の市街地から国道四五号線を真東へ、三陸鉄道と並行して行けば、しぜんに海岸に達する。そこから右へ折れるとまもなく碁石海岸だ。長く深く入り込む大船渡湾の南側の突端が碁石岬で、その辺り一帯の海岸には「自殺の名所」という、あまりありがたくない代名詞がついている。かつて静岡県熱海《あたみ》市の錦ケ浦がそう呼ばれたものだが、断崖《だんがい》絶壁の下に真っ青な海が高波を打ち寄せるありさまは、共通したところがある。べつに死ぬ意志のない観光客ですら、覗き込んでいるうちに、ふっと吸い込まれるような気持ちに駆られるという。

浅見は実際にその風景を見たわけではなかった。しかし、桜井夕紀との対談の時、その話が出た記憶がある。夕紀は断崖絶壁のビデオを観た感想を、恐ろしげに、楽しげに語ったものである。

（武上は死ぬ気かもしれない――）

浅見は車を走らせながら、深刻に思った。そこまで追い詰められたことを、武上が認識したかどうかは分からないが、パトカーをやり過ごしたりした様子から見ても、その恐れは十分あると思った。

岬への道は舗装されていた。黒い、それこそ碁石のような砂利が散らばる海岸を通り過ぎると、道は登りにかかり、断崖の上へ出そうな予感がした。

広々とした駐車場が見えてきた。レストハウスのような建物があり、その向うは緑濃い松林である。

駐車場の隅に、白いローレルが停まっていた。近づくと、シートを倒して男が腕組みをして、仰向けに寝ているのが見えた。

武上清作であった。

浅見は車を降り、武上の車のドアをノックした。

武上は薄目を開けて浅見を見て、「あんたか」とニヤリと笑った。それほど驚いた様子はない。浅見も微笑を浮かべて、言った。

「やっぱりここでしたか」

「ああ、いつのまにか、ここへ来てしまったもんでね」

言いながら、武上は身を起こして、浅見の背後を窺《うかが》った。

「心配しなくても、ぼく一人ですよ」

「そのようだね。どうです、こっちへ乗りませんか」

武上は助手席に顎《あご》をしゃくった。浅見は黙って、武上の言うままに従った。車の中にアルコールの匂いが漂っていた。ダッシュボードの上にウイスキーのポケット壜《びん》が転がっている。

「あんたが来るのを待っていたんだ」

武上は親しみを感じさせる目で浅見を見つめながら言った。

「そうですか、ぼくが来るのをご存じだったのですか」

「ああ、『岩手の者』があんただと悟った瞬間に、必ずあんたが来ると思ったね」

「どうしてぼくだと分かったのですか?」

「さあ、どうしてかな……。私にもよく分からないが、なんとなくそう思った。あんたしかいないってね。少なくとも、警察は駄目だからね。たしかに、あんたは名探偵だよ」

浅見は苦笑して、軽く頭を下げた。

「しかし、どうしても私には分からないのだが、あんたはどうやって大船渡の事故のことを突き止めたのかね。夕紀に聞いたのか？」

「いえ、桜井夕紀さんはぼくに電話で相談しかけた様子ですが、結局、何も伝えることができなかったのですよ」

「だろうね、それだけの注意はしたつもりだからな。だとすると、何だろう？」

「千社札ですよ」

「千社札？……」

武上は一瞬、怯《ひる》んだような顔になった。

「千社札がどうしたというんだい？」

「長安寺の銀杏《いちょう》の木に、小林章夫さんの千社札が貼ってあるのを、偶然、発見したのですよ」

「それじゃ、あんたは小林とかいう、あの老人の知り合いだったのか」

「ええ、間接的な、ですけどね」

「しかし、そこに千社札があったからって、どうしてあの事故に結びつけたんだい？」

「それは逆に、武上さん、あなたが仕掛けたトリックを裏返しに見れば、自《おのず》からわかることではありませんか？」

「ん？……」

「武上さんのトリックには、いくつものタネがありました。しかも、それがすべて完《かん》璧《ぺき》に機能したといってもよかったのです。ところが、ただひとつ、あなたの知らないことがあった。それは、小林章夫氏が巡礼の旅をするのは、一年に一度きりだということです。だから、まだ貼ってから間のない千社札が、伊豆と大船渡の両方にあっては具合が悪かったのですよね。しかも、千社札の貼りかたが、伊豆と大船渡では、それこそ別人のように違うのですから、おかしいと思わないほうがどうかしています」

「ははは……」

武上は哄笑《こうしよう》した。それは身の不運に対する嘲笑《ちようしよう》とも、神の裁きに対する絶望的な挑戦とも受け取れた。

「それにしても浅見さん、あんたが長安寺なんかに現れさえしなきゃ、私のドラマは筋書どおりうまくはこんだのだ。だいたい、大船渡っていうのは、あんたにとって何なんだい？　何だってあんな寺へ行ったりしたんだ？」

喋《しやべ》っているうちに気持ちが高ぶるのか、武上はまるで非難するようなはげしい口調になった。

浅見はそういう武上を、悲しげなまなざしで見つめながら、静かに言った。

「大船渡に来たのは、桜井夕紀さんの『心中事件』に疑問を抱いたからですよ」

「ほう……」

武上は驚くというより、むしろ感心したような反応を示した。それと同時に、武上の全身から高ぶったものが汐《しお》を引くように消えて行くのが、浅見にも分かった。

「桜井さんは大船渡ロケを境に、かなり精神的に参った様子だったことが分かりました。警察は……、いや世間はそれを藤田さんとの問題が原因であるかのように考えたのですが、ぼくは七月十三日に大船渡で何かがあったのではないかと思ったのです」

「なるほど……」

武上の表情に疲労感が急速に広がった。

「そうすると、夕紀が事故を起こして老人を殺してしまったことも知っているってわけだね」

「ええ、想像でしかありませんが、知っていると言ってもいいでしょう」

「そうか、そこまで知っているのか。だったらもう何も説明する必要はないな。まさにあんたの言うとおりだよ。桜井夕紀は死亡事故を苦にして、ほとんどノイローゼ状態だった。そうして、藤田がそれに同情して、結局、死ぬことになったというわけだ」

「さあ、それはどうですかねえ」

浅見は頭を振って、言った。武上が無駄を承知で、最期の抵抗を試みているのが、ありありと見て取れた。

「桜井さんはともかく、藤田さんにはそういう悩みはなかったはずです。むしろ、藤田さんにとっては、武上さんと桜井さんの秘密を握っている状態は、千載一遇のチャンスだったのではありませんか？　口止め料はもちろん、ことと次第によっては、武上プロの幹部の椅子や、桜井さんそのものを狙うことだって不可能じゃなかったでしょうからね」

「…………」

「ぼくは、武上さんがどれほど、この問題で苦慮したか、いまとなっては同情しますよ。あなたが桜井さんと藤田さんを殺さねばならなかった理由も、ぼく個人としては理解できるつもりです」

浅見が露骨に言ったのに対して、武上はもはや否定も肯定もしない。その達観したようなポーズをどう解釈すればいいのか、むしろ浅見は戸惑った。

「さっきから気になっているのだが」

武上はポツリと言った。

「警察は何をやっているんだね？　その辺に隠れて、こっちを窺っているのかな」

「いや、警察は来ていません。ここに来たのはぼく一人ですよ」

「ふーん……」

武上は不思議そうに浅見を見た。

「あんた、変わってるねえ」

「は？……」

「名探偵なのかもしれないが、どこか浮世ばなれしているな」

「はあ、そうかもしれません。そのようなことを、いつもおふくろに言われてばかりいますよ」

「ははは、やっぱりねえ」

武上はふっと真顔になった。

「それで、あんたは、私をどうしようというんだい？」

「そうですね、べつに考えているわけじゃありませんが、自首をしたほうがいいのじゃないですか？」

「自首？　何のために？」

「は？……」

浅見は裏切られたような、不快な気持ちが湧いた。

「いまさら理由を説明する必要はないと思いますが。武上さんに残された最善の道は、自首することじゃないのですか？」

「さあ、それはどうかな。自首をするというのは、つまり、罪を認めたことになるじゃないですか。私はそんなのは望まないな。いや、そんなことをすれば、私はともかく、私の家族や会社の人間が困るでしょう」

「しかし、警察は今度こそ、あなたの犯罪を立証しますよ」

「そりゃそうかもしれない。いくら警察が頼りなくても、あんたにそこまで面倒みてもらえば、あとはちゃんとやるでしょうな。しかしね浅見さん、それでも警察は私を逮捕できないのですよ」

「あっ」と浅見は気がついた。

「それは、もしかすると、自殺を考えているという意味ではありませんか？」

「ははは、自殺を考えたのは、むしろあんたのほうじゃなかったかな。あの修理屋の兄《あん》ちゃんが心配してくれてましたよ。警察が自殺志願者を探しているってね。あんたが警察にそう言ったのは、私に自首する余地を与えてくれたのだと思ったのだが」

「そのとおりです。それが分かっているのなら、すぐに警察に出頭してください」

「だから、それはできないと言ってるでしょう。あんたも分からない人だな」

「しかし、ぼくはあなたを警察へ連れて行くつもりですよ」

「どうも、意見が平行線を辿《たど》っているようだな」

武上は腕を伸ばして、イグニッションキーを回した。エンジンが動きだすと、それまでの、どちらかといえばのんびりした感じのムードは一変して、切羽詰まった、息苦しい緊迫感が襲ってきた。

「それじゃそろそろ行くから、あんた、悪いが降りてくれませんか」

「いや、降りませんよ」

浅見は頑強に言って、腕を組み、前方を見据えた。

「ははは」と武上は笑った。

「あんたも強情な人だな。私はこのまま、断崖の下の海へ向かって突っ走るつもりだが、それでも降りないのかね」

「降りませんよ。あなたはそんな馬鹿なことをする人じゃないと思ってますからね」

「馬鹿なことだとは思っていない。むしろ、そうすることが、最も賢明なやり方じゃないかな。しかし、私はあんたを地獄への道連れにするつもりはない。そんなことをすれば、それこそ殺人の現行犯になっちまうからね。さあ、とにかく降りてくれ」

「駄目です、無茶は止めてください」

武上の眉間《みけん》に焦燥を示す皺《しわ》が刻まれた。目には狂気を思わせる怒りの色が浮かんだ。

「いつまで押し問答していてもしようがない。警察が来たらおしまいだ。じゃあ行くぞ。どうなっても知らないからな」

武上はオートマチックのギアを「ドライブ」の位置にセットしてアクセルを踏んだ。タイヤは砂利で辷《すべ》って、車の向きが左右に揺れた。それから一気に飛び出して、松林に向かって突っ走った。

浅見はダッシュボードに手を突っ張って、恐怖に耐えた。あの断崖を飛べば、海面に激突するショックは、コンクリートの壁にぶつかるのと大差はあるまい。ひょっとすると助からないかもしれない。しかし、それでも最善を尽くして武上を連れて戻るのだ――と一心に念じた。

松の疎林の中を、武上は巧みにハンドルを捌《さば》いて、ほとんどスピードを緩めずに突き進んだ。地面には松の根が縦横に這《は》う。車は激しくバウンドしながら下り坂にかかった。紺青の海が見えた。浅見は目をつぶった。

武上の足がブレーキを踏んだ。浅見は前につんのめりそうになる体重を、かろうじて腕で支えた。

目を開くと、すぐ真下に海が見えた。あと三、四メートル走っていれば、前輪は断崖から出外れていたかもしれない。

「負けたよ」

武上は大きな吐息をついて、言った。

「まったくおかしな人だな。運転の邪魔をしようともしないし、本気で心中するつもりだったのかね？」

「いや、そんなつもりはありませんよ。ぼくはあなたを助けて、連れ戻すつもりでした」

「呆《あき》れたな、そんなことができると思っていたのかね」

「分かりません」

武上は浅見を眺めて、おかしそうに笑いだした。それから黙ってギアをバックに入れ、車を坂の上まで後退させた。

はるか後方から土地の人々が駆けてくるのが見えた。

（ドラマは終わった——）と浅見はほっと気が緩んだ。

その瞬間、武上の重い右フックが浅見の右頬に炸裂《さくれつ》した。

浅見はあっけなく気を失った。

武上は車を降り、助手席側のドアを開けて浅見を引きずり出すと、ふたたび車に戻った。痛めた右の拳《こぶし》をひと舐《な》めして、両手でしっかりとハンドルを握った。車が坂を下りはじめた時、武上は爽《さわ》やかな顔になっていた。

武上清作の遺体が収容されたのは、翌日のことである。

自殺者が出るたびに、地元は大迷惑だ。碁石海岸は大船渡市末崎《まっさき》という集落に属すのだが、末崎の消防団員が中心になって、捜索救助活動に大勢の人が参加する。漁船や観光船、さらには海草類を採る海女《あま》まで駆り出される騒ぎだ。

碁石海岸は陸上からの眺めもいいけれど、海上に船を浮かべて見る景色がまた、絶品である。波のある日は到底、近づけないが、海の穏やかな日なら、絶壁近くまで近寄ることもできるし、釣も楽しめる。救助の人々は断崖直下まで入り込んで、海に潜り、複雑に入り組んだ岩の谷間、海草の林の奥を探し回る。しかし、ここに飛び込んで助かった者は、いまだかつて、一人もいない。

駐車場に残されたバッグの中に、妻と武上プロの専務に宛てた短い遺書があった。内容は似たり寄ったりで、迷惑をかけることに対する詫《わ》びと、これからのことをよろしく——という、かんたんなものだった。その文面からでは、自殺の理由は読み取れず、武上がどのような想いで断崖から飛んだのか、窺うすべもないが、周囲では、桜井夕紀と藤田マネージャーの「心中」によって、事業の先行きに悲観したため——というのが、もっぱらの見方であった。

事故処理に当たった岩手県警は「自殺の恐れのある人物」として追っていただけに、理由はどうであれ、最初から「覚悟の自殺」というようにとらえた。

現場に倒れていた浅見は土地の人間に助けられた。軽いムチ打ち症状を呈して、大船渡の病院に収容され、ベッドの上で警察の事情聴取を受けたが、武上の自殺を阻止しようとしたことだけを言って、事件の背景については語らなかった。

浅見の兄、陽一郎が駆けつけた時には、浅見は首にギプスを巻いた格好ながら、歩行に不便を感じるほどではなかった。警察さし回しの車で碁石海岸を訪れ、二人で断崖の上から海に向かって祈った。

「いまとなっては、事件の真相は霧の中ですね」

浅見は断崖に打ち寄せる太平洋のうねりを眺めながら、ぽつんと言った。第何号だかの台風が遠い海上に接近中だとかで、時折、海面がせり上がり、ドオン、ドオンという音が腹に響く。

「いや、そんなことはないだろう」

陽一郎は弟の横顔を見て、慰めた。

「物証を細かく分析すれば、武上の犯罪を立証することは可能かも知れない」

「はあ……」

浅見はもう、どっちでもいいと思った。武上が桜井夕紀と藤田を殺したことや、その動機となった、小林章夫の事故死の真相を暴いてみたところで、いまさら何も得るものはないのだ。まあ、せいぜい、下田署の連中の鼻をあかすことぐらいだが、そんなものは浅見にとっては、何の意味もありはしない。

小林、桜井、藤田の遺族への補償という点では、事件の全容が解明されることが望ましいのかもしれないが、それは警察や弁護士や保険会社の仕事だ。そういう目的で動くエネルギーは、もともと浅見にはなかった。

武上清作は伊豆の大仁《おおひと》の出身であった。警察の事情聴取の際にそのことを知って、浅見は運命の不思議さに心を動かされた。老婆が子守歌代わりに唄《うた》う手鞠《てまり》歌を聴いて、天城峠の轢《ひ》き逃げ事件の真相に思い至った、あの名も知らぬ小さな寺が大仁町であった。

浅見はふと、もしかすると、武上も幼い頃に彼女の唄う手鞠歌を聴いたのかもしれない——と思った。

桜井夕紀が事故を起こした時、武上は瞬間的に、ふるさと、天城峠の風景を思い浮かべながら、必死の思いで死体を隠し、隠蔽《いんぺい》工作のトリックを考え出したことだろう。絶体絶命の窮地に立った時、人は自分を生んだ母親を想い、ふるさとを想うのかもしれない。それが人間の悲しい帰巣本能というものではないだろうか。

浅見は小林章夫が『下司《げす》』という奇妙な千社札を貼って、全国の社寺を歩こうとした意味が、なんとなく分かるような気がしてきた。それは、かつてインパールで死んだ部下たちが、死の瞬間に想ったであろう懐かしいふるさとへの、鎮魂の旅ではなかったか。もし人に魂があるならば、魂は躊躇《ためら》うことなく飛んで、生まれ故郷へ還《かえ》るだろう——。小林はそう信じて旅をつづけた。形式的に祈りのポーズをとることだけが目的なら、彼は政治家たちと同じように、靖国神社に参拝して事足れりとしたはずだ。

「さて、帰りましょうか」

浅見はもう一度、海へ向かって頭を垂れてから、言った。

「そうか、そうするか」

頷いて、陽一郎も海に祈った。

警察庁刑事局長は、事件の真相を伏せたまま大船渡を去る気持ちになっている。

「武上がきみを道連れにしなかったのは、なぜだろう？」

歩きだしながら、言った。

「ぼくにも分かりません。彼は、そんなことをすれば殺人の現行犯になる——と言ってましたが、違う理由のように思いました」

「そうか……」

刑事局長はその答えに満足した。

エピローグ

浅見と小林朝美が長安寺を訪れたのは、十月十三日——朝美の父親の死から、ちょうど三月目にあたる日である。

東北はもう晩秋の気配だ。境内の銀杏《いちょう》の葉はすっかり黄金色に変わり、絶え間なく地上に降り落ちていた。

三ヵ月も経つというのに、銀杏の幹の千社札は、まだ剝《は》がれずにあった。朝美はいとおしそうに千社札を撫《な》でてから、長い時間をかけて、優しく剝がした。

「貼ったままにしておいてもいいのではありませんか？　そのままにしておいても、いつか自然に剝がれるのだし」

浅見は言った。

「そうかもしれませんけど、父の貼った札を剝がすのは、やっぱり子の務めだと思うんですよね」

朝美は千社札を手帳のページに、大事そうに挟んだ。

「はあ……」

浅見は苦笑した。朝美はまだインパールの悲劇にこだわっていると思い、そのことに関しては朝美の意見のほうに説得力がありそうだ、と思った。

「父がいつここに来たのか、どうしても分からないんです」

朝美は何度目かの疑問を口にした。その謎について、浅見は何も話していない。おそらく、誰も知らない間に大船渡を訪れたのだろう——ということになっていた。

「日帰りできるってことは分かるんですけど、でも、父がそういうやり方で千社札を納めたケースは一度もないはずだと思うんです」

浅見は何も言えずに、天を仰いだ。その浅見を、朝美は訝《いぶか》しそうに見ている。（何か知っているんじゃないのかしら？——）という目だ。

浅見は朝美の視線と青空と、両方に眩《まぶ》しさを感じて、大袈裟《おおげさ》にまばたきをしながら首を振った。

「さあ、そろそろ帰りましょうか。あまりゆっくりしていると、東京へ着くのが真夜中になってしまう」

「私は泊まって行ってもいいんですけど。明日は休みですし」

朝美は何気なく言ったが、浅見はうろたえた。

「いや、それはいけない。東京へ帰るべきです、断じて」

「そうでしょうか」

「そうですとも」

せかせかした足取りで、巨大な山門を潜りながら、浅見はほんの少し、惜しいような気分になっていた。

自作解説

本書『天城峠《あまぎとうげ》殺人事件』は「浅見光彦シリーズ」の第七作で、光文社文庫発刊一周年記念のために書き下ろした作品である。文庫書き下ろしというのは、前年の「発刊記念」に『多摩湖畔殺人事件』があるほか、角川文庫に『琥珀の道《アンバー・ロード》殺人事件』『上野《うえの》谷中《やなか》殺人事件』がある。

光文社で僕の本を刊行したのは、第六長編の『遠野殺人事件』が「カッパ・ノベルス」として刊行されたのが最初で、その後『倉敷殺人事件』『多摩湖畔殺人事件』を経て、『津和野殺人事件』から「浅見光彦シリーズ」が導入（？）されるようになった。その後、二〇〇一年四月現在に到るまで、光文社オリジナル作品の全てが「浅見光彦シリーズ」で書かれたはずである。

そもそも浅見光彦はどこから来たのか？　とか、浅見光彦のモデルは誰か？　とか、なぜ浅見光彦は結婚しないのか？　出版社が移ったのはなぜか？　どういう出版社から本が出ているのか？　といった、その間の経緯については、光文社文庫の『浅見光彦のミステリー紀行・第1集』以降に詳しく書いてあるので、ぜひ参考にしていただきたい。出版社の仕組みや作家の内情がよく分かる。

さて、『天城峠殺人事件』は文庫書き下ろしという、いわば、比較的に気楽な背景で執筆された作品なのだが、あらためて読んでみると存外、重厚な内容に仕上がっているのに感心（?）した。出版事情に詳しくない方のために、若干、解説を加えると、通常、作品はまず四六判で刊行するか、「カッパ・ノベルス」のような、いわゆる新書判で出すのであって、いきなり文庫になるというのはごく特殊な例といっていい。

文庫書き下ろしだからといって、手を抜くことができるわけではないけれど、高校野球の地方予選——程度の与《くみ》しやすさはあるかもしれない。必勝の精神で臨みはするが、どこかに「力試し」をするような余裕があるものだ。

たとえばプロローグ冒頭の〔「浅見さーん」と呼ぶ声に振り向いた瞬間から、浅見光彦はこの事件に巻き込まれる運命にあったのかもしれない。〕といった書き出しは、いかにも安っぽい三文小説的で、僕の他の作品にはあまり見当たらない。この辺りに「肩の力を抜いた」気楽さが窺《うかが》える。

しかし、スタートはそうでも、書き進めるうちに次第にのめり込んでゆくのがいかにも僕らしい。

ところで、僕の小説作法はいわば「無手勝流」で、最初に粗筋《あらすじ》やトリックを用意したりするどころか、犯人の設定や解決策も決まっているような書き方はしない——というより出来ない——ことについては、いろいろな機会に言ったり書いたりしている。

しかし、読者はもちろん、付き合いのない編集者は、なかなかそれを信じなくて、「やはり最初はトリックから思いつくのでしょうか」などと質問する。僕の作品はトリックなどという上等なものはあまり使われていないが、それでも一応、推理小説らしく謎は提示されるし、きちんとした解決もある。ただしそれは、予《あらかじ》め恣《し》意《い》的に用意されたものではなく、執筆を進めてゆくうちに、自然の成り行きとしてそういう結末を迎えるにすぎない。『天城峠殺人事件』はその典型と言ってもいい。

前述したように、この作品は「文庫発刊一周年記念」という、降って湧いたような依頼によるものだったわけで、時間的な制約があった。この作品の前後の刊行状況を見ると、一九八五年四月に『佐渡伝説殺人事件』を出した後、六月に『「横山大観」殺人事件』と『白鳥殺人事件』、七月に『「信濃の国」殺人事件』そして九月に『天城峠殺人事件』、十月に『杜《もり》の都殺人事件』とメジロ押し状態である。おそらく執筆には正味半月程度しかかけられなかったと思う。

その証拠に、僕はこの作品のために改めての取材に行く時間的余裕がなかった。主たる舞台となる「修善寺」と「大船渡」については、大船渡はちょこっと取材に行ったかもしれないが、伊豆はそのほとんどを以前、別の機会に旅した時の記憶をもとに書いた。驚くべきは、肝腎《かんじん》の「旧天城トンネル」に至ってはまったく見たことがなく、仕方なく僕の知人に依頼して写真を撮ってきてもらったほどである。

天城トンネルは知らなかったものの、修善寺など、伊豆地方のことはわりと土地鑑があった。僕と伊豆との関わりは、一九四四年七月に「学童疎開（これを知っている人も少なくなった）」で沼津市静浦《しずうら》に八カ月ほど住んだのが最初だ。その懐かしさのせいか、大人になってからも何となく親しみを感じて付き合ってきた。一種の帰巣本能のようなものかもしれない。

伊豆地方を舞台にした作品も多く、『天城峠殺人事件』の他にも、デビュー第二作の『本因坊殺人事件』の冒頭が西海岸の断崖《だんがい》だったし、『「横山大観」殺人事件』では伊東市を、『喪《うしな》われた道』では修善寺と土肥《とい》町を、『「紫の女」殺人事件』では熱海《あたみ》・網代《あじろ》温泉を、『漂泊の楽人』では沼津市牛臥《うしぶせ》を、『鏡の女』では短編集の一作が長岡温泉を舞台にしたものだ。

大船渡に関してはそれほどの知識があったわけではない。とくに大船渡から西へ行く国道一〇七号やそこにある「白石トンネル」はたった一度だけ通ったことがあるという、まことに心細い記憶だった。そのたった一度の記憶というのは、『遠野殺人事件』の取材の帰路、ここを通って石巻《いしのまき》の知人の家へ向かった際のものである。こういう時、自分で運転して通った道の記憶は、タクシーや他の交通機関によったものよりはるかに鮮明だ。

いったい、なぜ伊豆と大船渡を舞台にしたのか——が問題だ。いまとなっては、かすかな記憶を頼るしかないのだが、いずれにしても遠隔の二地点で「事件」が発生するようにはしたかったのだろう。

トラベルミステリーの一つの手法として、遠く離れた場所で同日同時刻に犯罪が行われる——というのがある。アリバイのある人物が、しかも同時に二つの場所で殺人を犯すという、一種の不可能犯罪をテーマにしたミステリー作品は、相当な数にのぼるのではないだろうか。

もう一つは「ミスリード」である。実際に殺人があった場所から、捜査の目を逸《そ》らす目的で、まったく遠い地点で「事件」が発生したかのごとく装う方法で、本書はそれとは異質だが、傾向としてはその範疇《はんちゅう》に属すといえる。

創作開始に当たって、最初に思いついたのはおそらくそれに違いない。伊豆と大船渡を選んだのは、たまたまその時点でその二箇所に土地鑑があったから、思いついたものであって、極端にいえばどこでもよかった。そうはいっても、結果として伊豆と大船渡にしてよかったと思う。伊豆修善寺は申し分ないが、大船渡にも「長安寺」などの古刹《こさつ》をはじめ社寺が多く、また「白石トンネル」という、「天城トンネル」と呼応するような格好の舞台もあった。

しかも大船渡から遠野へ——という、ちょっとしたドライブコースも、まるされていたかのごとく出てきた。もちろん予定などなかったのだし、それどころか、事件の背後に不可思議な雰囲気を漂わす「下司《げす》」という千社札でさえ、いつ思いついたのか、さっぱり思い出せないのである。

ところが、この千社札が重要なキーワードであり、事件全体を構築するバックボーンのような役割を果たすことになるのだから、瓢簞《ひょうたん》から駒とはよく言ったものである。なぜ二つの土地に千社札が？――という疑問が、次第に明らかにされてゆく過程は、書いている僕自身、面白かったから、読者諸氏も満足してくださったと思う。

それはそれとして、千社札に秘められた小林章夫の想いをわがこととして語れるような世代は、たぶん僕たちの時代で終わってしまうのではないだろうか。

桜井夕紀という若いタレントの死は、執筆当時、アイドルタレントがビルから飛び降り自殺したという事件があったことに、ヒントを得たような記憶がある。夕紀との対談がきっかけで、浅見はその事件に巻き込まれてゆくのだが、もう一つの事件に関係したのも、母親・雪江が会長を務める日本泳法の大会を取材するという仕事がきっかけだった。浅見の本業であるルポライター本来の姿からスタートしたという点で、この作品はフェアな創作態度を貫いたといえるかもしれない。

実際、浅見は伊豆の警察でも身分を明らかにしていない。そのために捜査当局からきちんとした対応をしてもらえず、それがかえって浅見の「やる気」を起こさせた。

そしてその結果、危険な状況をつくり出してしまうのだが、あやういところで、劇的な解決に結びつけることができた。

圧巻はラストの「対決」シーンだが、僕はそれよりも、浅見と兄・陽一郎の「対決」が好きだ。兄と弟の真剣勝負のようなやりとりと、陽一郎が見せた冴《さ》えた頭脳の片鱗《へんりん》には、堪能《たんのう》された方も多いのではないだろうか。

お読みになった後、あらためて、この作品がプロットなしで書かれたことを反芻《はんすう》していただくと、この作家がなかなかのものであることを理解していただけると思う。

二〇〇一年四月

著者

浅見光彦倶楽部について

「浅見光彦倶楽部」は、1993年、名探偵・浅見光彦を愛するファンのために誕生しました。会報「浅見ジャーナル」(年4回刊)の発行をはじめ、軽井沢にあるクラブハウスでのセミナーなど、さまざまな活動を通じて、ファン同士、そして軽井沢のセンセや浅見家の人たちとの交流の場になっています。

◎浅見光彦倶楽部入会方法◎

入会申し込みの資料を請求する際には、80円切手を貼り、ご自身の宛名を明記した返信用封筒を同封の上、封書で左記の住所にお送りください。「浅見光彦倶楽部」への入会方法など、詳細資料をお送りいたします。ファンレターも受け付けています(その場合は封書の表に「内田康夫様」と明記してください)。

※なお、浅見光彦倶楽部の年度は、4月1日より翌年3月31日までとなっています。

また、年度内の最終入会受付は11月30日までです。12月以降は、翌年度に繰り越して、ご入会となります。

〒389―0111　長野県北佐久郡軽井沢町長倉504

浅見光彦倶楽部事務局

※電話でのご請求はお受けできませんので、必ず郵便にてお願いいたします。

本書は、一九八五年九月に光文社文庫として刊行されたものです。
また、本書は二〇〇一年五月に刊行したカッパ・ノベルス版を底本として、著者の校訂を得ています。

本作品はフィクションであり、登場人物や団体などは、実在するものと一切関係ありません。また、社会的状況、風景、建造物など現実と多少異なる点があることをご了承ください。

天城峠殺人事件《あまぎとうげさつじんじけん》

内田康夫《うちだやすお》

角川文庫 14194

平成十八年四月二十五日　初版発行

発行者――井上伸一郎

発行所――株式会社角川書店
東京都千代田区富士見二―十三―三
電話　編集(〇三)三二三八―八五五五
　　　営業(〇三)三二三八―八五二一
〒一〇二―八一七七
振替〇〇一三〇―九―一九五二〇八

印刷所――旭印刷　製本所――BBC

装幀者――杉浦康平

う 1-66　ISBN4-04-160766-3　C0193

角川文庫発刊に際して

角川源義

第二次世界大戦の敗北は、軍事力の敗北であった以上に、私たちの若い文化力の敗退であった。私たちの文化が戦争に対して如何に無力であり、単なるあだ花に過ぎなかったかを、私たちは身を以て体験し痛感した。西洋近代文化の摂取にとって、明治以後八十年の歳月は決して短かすぎたとは言えない。にもかかわらず、近代文化の伝統を確立し、自由な批判と柔軟な良識に富む文化層として自らを形成することに私たちは失敗して来た。そしてこれは、各層への文化の普及滲透を任務とする出版人の責任でもあった。

一九四五年以来、私たちは再び振出しに戻り、第一歩から踏み出すことを余儀なくされた。これは大きな不幸ではあるが、反面、これまでの混沌・未熟・歪曲の中にあった我が国の文化に秩序と確たる基礎を齎らすためには絶好の機会でもある。角川書店は、このような祖国の文化的危機にあたり、微力をも顧みず再建の礎石たるべき抱負と決意とをもって出発したが、ここに創立以来の念願を果すべく角川文庫を発刊する。これまで刊行されたあらゆる全集叢書文庫類の長所と短所とを検討し、古今東西の不朽の典籍を、良心的編集のもとに、廉価に、そして書架にふさわしい美本として、多くのひとびとに提供しようとする。しかし私たちは徒らに百科全書的な知識のジレッタントを作ることを目的とせず、あくまで祖国の文化に秩序と再建への道を示し、この文庫を角川書店の栄ある事業として、今後永久に継続発展せしめ、学芸と教養との殿堂として大成せんことを期したい。多くの読書子の愛情ある忠言と支持とによって、この希望と抱負とを完遂せしめられんことを願う。

一九四九年五月三日

角川文庫ベストセラー

隠岐伝説殺人事件(上)(下)　内田康夫

後鳥羽上皇の祟りなのか!? 地元老人と調査発掘隊の教授が次々怪死。数十億円という源氏絵巻は何処に。伝説の島隠岐を舞台に浅見が謎に挑む！

王将たちの謝肉祭　内田康夫

美少女棋士今井香子は見知らぬ男から封書を預かる。その男の死体が発見された数日後、香子も何者かに襲われる。将棋界をめぐる異色サスペンス。

菊池伝説殺人事件　内田康夫

浅見光彦は雑誌の取材で名門「菊池一族」発祥の地熊本県菊池市へ。新幹線で知りあった情緒不安定な美女菊池由紀。菊池一族にまつわる因縁とは？

上野谷中殺人事件　内田康夫

上野駅再開発計画に大きく揺れる地元。浅見光彦は軽井沢のセンセから一通の奇妙な手紙を託された。だがその差出人が谷中霊園で「自殺」した!!

十三の墓標　内田康夫

警視庁勤務の坂口刑事の姉夫婦が行方不明になり、義兄が死体で発見された。王朝の女流歌人〈和泉式部〉の墓に事件の鍵はある！

佐用姫伝説殺人事件　内田康夫

浅見が陶芸家佐橋登陽の個展会場で出会った評論家景山が殺された！ 死体の上に黄色い砂がまかれ、「佐用姫の…」と書かれたメモが残されていた。

耳なし芳一からの手紙　内田康夫

下関からの新幹線に乗りこんだ男が死んだ。差出人〝耳なし芳一〟からの謎の手紙を残して。偶然居あわせた浅見光彦が謎を追う！ 傑作推理。